文治
© wénzhì books

更好的阅读

谜怪
案画

変な絵

[日] 雨穴·著

烨伊·译

台海出版社

"那么接下来，我给大家看一幅画。"

大学教室的黑板上，贴着一张画。

心理学家萩尾登美子指着这幅画说道：

"如今的我，每天都在同学们面前给大家讲课，其实我以前是一名心理咨询师，给很多人做过心理咨询。这幅画是我刚成为心理咨询师的那段时间负责的一个女孩画的，我今天拿来的是复印件。为了方便称呼，我们就叫那个女孩'A子'吧。A子十一岁的时候杀害了她的母亲，警方一直对其进行管教和感化。"

听到"杀害母亲"这一颇具冲击力的描述，学生们炸开了锅。

"为她做精神分析的时候，我引入了'绘画实验'的方法。这种分析方法是请受试者画画，然后根据画面分析受试者的心理。人们都说，画是折射心灵的镜子，绘画可以展现画者的内心，尤其是人物、树木、房屋的画，一般会表现得更为显著。那么，大家看见这幅画，有没有觉得哪里不太对劲？"

萩尾的目光在教室里逡巡。

学生们盯着贴在黑板上的画，露出惊讶的神情。

"大家看出来了吗？乍看上去，这就是一幅普通的画吧？

还挺可爱的。但其实画中的很多细节都让人感到不可思议。首先请各位仔细看看画面正中那位女孩的嘴。

"这张嘴模模糊糊的，显得有点儿脏吧？A子不擅长画嘴，用橡皮擦掉重新画过，重复了好几次。其他地方她都能一笔画出清晰的线条，为什么只有嘴重画了那么多次呢？从这里就可以分析她的内心。

"A子长期遭受母亲的虐待。因此，为了不惹怒母亲，她在家似乎一直强颜欢笑，讨母亲的欢心。她心里明明很害怕，脸上却总是做出虚假的笑容。'笑得不好就会被打'……她回忆起这种情绪，紧张得手抖，所以才画不好吧。人物旁边的房子也表现出了她心中的悲痛。

"这个房子没有门。没有门的房子，是进不去的，对吧？没错。这个房子就是她内心的体现。'不想让任何人进入自己的内心''想把自己封闭起来'……画中可以看出她的逃避心态。最后，请各位仔细看看画中的树。

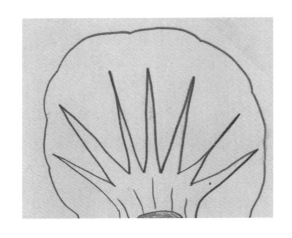

　"树冠的部分像荆棘一样，又尖又长。这种形状的枝条常
见于犯罪者的画中，传达出'我要伤害你''我要刺你'的尖
锐攻击性。心理咨询师必须综合上述信息，给出符合受试者实
际状况的诊断。"

　萩尾望着学生们的眼睛，缓缓说道：

　"我当时认为，画出这幅画的Ａ子很有可能重获新生。大
家知道这是为什么吗？请再看看画中的树。这次我们不看枝条，
只关注树干的部分：树洞里住着一只小鸟。画下这种图案的人

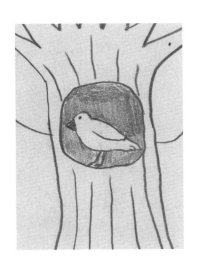

通常有保护欲，母性强烈。它传达出的情绪是‘想保护比自己弱小的生命’‘想让弱小的生命住在安全的地方’，等等。可以说，Ａ子尖锐的攻击性背后，藏着一颗非常温柔的心。假如给她机会，让她和动物或小孩子相处，肯定可以激发她内心的温柔，逐渐缓解她性格中的攻击性——我当时是这样想的。直到今天，我依然对自己当时的诊断很有信心。听说Ａ子现在已经成了一位幸福的母亲。"

目录

第一幅画　站在风中的女子

佐佐木修平

2014 年 5 月 19 日。

深夜，一座建在东京老城区的老旧公寓里亮着明晃晃的灯光。

住在那间房里的是名叫佐佐木修平的二十一岁大学生。平时到了这个时候，他都在专心准备求职笔试或忙着做简历，然而今天，他难得如此入神地盯着电脑屏幕。

"这就是……栗原说的那个博客吗？"

年轻人喃喃自语。

栗原是佐佐木所在的超自然现象社团的学弟。今天下午，两人在大学食堂突然见面，一起吃了饭。佐佐木近来忙着找工作，很少在社团露脸，此番和久违的学弟见面聊天，令他感觉又快活又怀念。

两人各自汇报完近况后，聊了一会儿社团合宿的计划，话题自然而然地转到了共同爱好超自然现象上。

　　"佐佐木学长最近在做信息收集吗？"栗原神色古怪地问。
　　所谓"信息收集"，意思就是观看或阅读超自然向文艺作品。
　　"没有，我完全没时间。最近我几乎没怎么看电影、看书，也不太上网。"
　　"那我告诉你一件有意思的事。不久以前，我发现了一个奇怪的博客。"
　　"博客……？什么博客？"
　　"那博客名叫'七筱 REN 心之日记'，乍看上去平平无奇，但好像有些瘆人……有很多不同寻常的地方。我敢保证足够恐怖，有空请一定读读看。"
　　"……"

　　在佐佐木的印象中，栗原是一个很冷酷的男人，平时总是不动声色，仿佛一切都和自己无关。此时他认真讲话的热情劲儿，让佐佐木感到事情非同一般。

※※※

深夜零点，房间里只有时钟嘀嗒作响。佐佐木吞了一口口水，打开栗原告诉他的博客。

相较于恐怖，佐佐木感到更多的是怀念。前些年有很多这样的博客。

"博客"是互联网服务的一种，任何人都能轻松地在上面发表文字或照片，要写什么因人而异。日记、爱好介绍、对政治的不满等，想写什么都可以。博客的高自由度使得在某段时间里，几乎连阿猫阿狗都要写上一写。但这几年来，随着博客的热度逐渐退去，大家的使用频率也不像从前那样高了。

从标题不难想象，博主大概是一个名叫"七筱 REN"的人。"七筱"可能是他的姓，但也有可能是为了取与"无名的"同音的意思[1]，也就是学"无名的权兵卫"[2]来了个"无名之 REN"。

"心之日记"的意思或许是"记录在心头闪现的文字"。

标题下面显示的是最新一篇文章，发布时间是 2012 年 11 月 28 日。也就是说，这篇文章大概是一年半之前写的。这就说明从那以后，这个博客没有再更新过。

这篇最新日志的内容是这样的：

《给最爱的人》　　2012/11/28

从今天起，本博客停止更新。
因为我发现了那三幅画的秘密。

---

1 在日语中，"七筱"的读音和"无名的"相同。——本文注释若无特殊说明，均为译者注。
2 日本俗语，类似于"无名氏"。

我终究无法理解，你之前究竟背负了多少痛苦。

我也不知道，你犯下的罪孽有多深重。

我没办法原谅你。即使如此，我依然爱你。

REN

　　佐佐木将这篇短小而充满不安情绪的文章重读了好几次，越读越是不解。**"最爱的人""三幅画的秘密""你犯下的罪孽"**……这些词语究竟意味着什么呢？他毫无头绪。

　　为了解开谜团，佐佐木读起早前的日记来。最早的一篇日记是 2008 年 10 月 13 日发布的。内容如下：

《初次见面》　　2008/10/13

　　我决定从今天开始写博客，先从自我介绍开始。我叫七筱 REN。

　　虽然想上传真人照片，但她说把个人信息发在网上很危险，那我就传一张速写画吧。

其实这幅画是妻子为我画的。

妻子名叫YUKI，比我大六岁，是"姐姐型老婆"。

"我要开博客了，为我画张速写吧。"我如此拜托她后，妻子唰唰动笔，不到五分钟就画好了。不愧是当过插画师的人，画得真棒！

不过，是不是把我画得太帅了？

总之，我想在这里以日记的形式，记下我与妻随心所欲的日常生活。

我打算每天更新，欢迎追更！

REN

《纪念日》　　2008/10/15

大家好，我是 REN！

说好要每天更新的，可我昨天太累，什么都没写就睡了。对不起。今天开始努力更新！

今天——10 月 15 日，是很重要的日子。

是我和 YUKI 结婚的周年纪念日！

我们在礼堂买了蛋糕来庆祝。虽然有点儿心疼钱，但味道好到没的说。

因为蛋糕太好吃了，我吃了两块，被 YUKI 怒骂"你吃太多了！会变胖哦！"（哭）。

剩下的四块蛋糕放到冰箱里，明天吃。期待！

　　　　REN

　　这样的日记大概一周更新四五次，大多是"吃了××""去××玩了"等无关痛痒的内容，不像最新一篇文章中那样，有关于"罪孽""痛苦"的记述。

渐渐地，有变化降临到二人身上。

《报告》　　2008/12/25

大家好，我是 REN！

YUKI 好像从早上就一直不太舒服，听说上午去了一趟医院。

这一去，竟检查出她怀了小宝宝！

听 YUKI 说起这个消息的时候，我开心极了，高兴得跳了起来！这是我最好的圣诞礼物！

我在此郑重其事地向各位宣布：我们要成为爸爸妈妈了！

REN

这天以后，博客的画风一变，主题全是孩子。明显看得出，REN 一方面体谅 YUKI 的身体，另一方面开始为即将出世的孩子着想。

《孕吐果然很辛苦》　　2009/1/3

　　YUKI 今天也孕吐了，很难受的样子，年节菜[1]也几乎吃不下。

我却什么也做不了，只能顺顺她的后背。

　　常听人说孕吐的时候会想吃酸的，实际情况似乎因人而异。

　　YUKI 说"酸奶应该能喝，不会反胃"，所以现在我家的冰

箱里全是酸奶。

　　一会儿我再去便利店补些货！

　　REN

《肚子鼓鼓》　　2009/2/8

　　今天 YUKI 怀孕十三周了。

　　孕吐还没有要停止的迹象。

　　今天我也买了很多酸奶回家。YUKI 尝了各种口味，最终好

1　年节菜：日本庆祝新年时吃的传统菜肴。

像觉得芦荟酸奶最适合她目前的身体情况。

话说，最近 YUKI 的肚子渐渐大起来了。

真实地感受到小宝宝在她的肚子里成长……我好开心！

REN

《赏樱》　　2009/3/16

YUKI 的身体状况稳定了许多，于是我们一起出了门。好久没和她一起出门了。

我们去了家附近的公园。虽然未到盛花期，但樱花还是很美。

我们坐在公园的长椅上，聊了许多宝宝的事。

今后要培养宝宝什么特长，让宝宝看的第一部动画片要选哪部之类的，虽然还有些早，但想象有了宝宝之后的生活，真的很开心。

我们也想给宝宝取名来着，但现在还不知道是男孩还是女孩，所以打算等知道性别后再考虑。如果是女孩，就叫"樱"吧——

我和YUKI商量。

REN

这段时间，夫妻俩令人忍俊不禁的恩爱日常还在继续。
但到了5月份，孕中期之后，阴云开始笼罩这个家庭。

《超声波检查》　　2009/5/18

今天我休假，于是和YUKI一起去做了孕检！
第一次通过超声看到宝宝的样子，很感动！
但宝宝似乎是倒着长的。
我听说倒着生长的胎儿出生时产妇会很辛苦，所以有些不安。
但检查后我了解到，宝宝现在还小，胎位会随着成长在妈妈的肚子里骨碌碌地转，可能慢慢就会转到正常位置。听了这个我就放心了。太好了！

但还有一件意想不到的事：

倒着长的胎儿裆部藏在妈妈的骨盆里，似乎分不清性别……
看来要过段时间才能给孩子取名字了！

REN

胎儿倒着生长……正常情况下，胎儿在母亲的子宫里应该是头朝下，而倒着生长的胎儿正相反，是脚朝下。这个事实逐渐成了夫妻俩面临的严峻考验。

《加油！》　2009/7/20

今天去做孕检了。
宝宝好像还是脚朝下。
到了这个阶段，很少会有宝宝自己把位置转正，似乎只能靠妈妈的力量调整了。

YUKI 学了调整宝宝体位的体操，打算从今天开始，每天在家里锻炼。
我也打算尽全力帮忙！

一起加油吧！

REN

《好热！》　　2009/8/17

今天是孕检的日子。

过去的一个月里，我和 YUKI 一起努力做操，但宝宝好像还是脚朝下。

YUKI 很受打击。

但听说只要做足准备，脚朝下的宝宝也能安全出生。这句劝慰让我放心了些。专业助产士就是可靠！

看来，宝宝的性别要等出生后才能知道啦，我很期待呢（笑）。

回家路上，我们顺路去咖啡店喝了果汁。

YUKI 喝了两杯，大概是因为天热，最近她好像总是口渴得不行。

YUKI 还要补足宝宝的水分，真不容易！

REN

接下来的日记是 9 月 3 日的，预产期马上就要到了。

YUKI 出现了情绪异常。

《孕期抑郁》　　2009/9/3

今天，YUKI 突然哭了起来。

问她原因她却不说，真伤脑筋……

这大概就是所谓的孕期抑郁吧。

我不停地抚摸她的后背，直到她平静下来。

预产期马上就要到了，她的压力肯定很大。

我一定要成为更靠谱的男人啊……

REN

《YUKI 的画》　　2009/9/4

YUKI 恢复了精神，和昨天简直判若两人！

她还难得地画了一幅画送给我！

画的好像是她想象中即将出生的小宝宝，非常可爱！

我问她，为什么宝宝是一副圣诞老人的打扮，她说："因为这孩子是我们的圣诞老人。"

想了一会儿，我终于明白了！

因为 YUKI 查出怀孕是去年圣诞节的时候嘛！不知不觉间，已经过去九个月了啊！九个月的时间，说长不长，说短也不短了……

REN

《未来畅想图》　2009/9/5

继昨天之后，今天再为大家介绍一张 YUKI 的画！

这幅画似乎描绘了 YUKI 想象中宝宝长大后的样子。
用她的话来说，就是"未来畅想图"。

宝宝直到出生前一刻还是脚朝下，我们仍然不知道性别，YUKI 似乎也因此故意没有画出明显的性别特征。

YUKI 不愧是做过插画师的人，想法就是跟普通人不一样！

对了，昨天的画下面也有一个数字，这是什么意思呢？

我问 YUKI，她回答："秘密！"嗯——我苦思冥想，怎么也猜不出来！

REN

《一模一样》　　2009/9/6

　　今天的晚饭是从荞麦面店叫的外卖。
　　天妇罗荞麦面真好吃呀——

　　好了，YUKI 今天又画了一幅未来畅想图。

　　是宝宝长大后的模样！长发在风中飘舞，好帅！
　　如果生了女孩子，希望把她养成这个模样——YUKI 画画的
时候，大概是这样想的吧。

这孩子和 YUKI 长得一模一样！要是长得像妈妈，肯定会是个美人儿！

顺带一提，明天 YUKI 好像要画男孩版的未来畅想图。我满心期待！

REN

《一模一样……？》　2009/9/7

距离预产期只剩三天了！

虽然担心 YUKI 分娩时的安危，但我还是很想早点儿见到宝宝！

好了，今天的未来畅想图是宝宝长大后的模样（男孩版）。

YUKI 说，她把孩子"画得像爸爸"……
可是，我也没有这么帅吧（不过，我很开心）！

REN

《祈祷》 2009/9/8

距离预产期还剩两天！

一切已经准备停当，阵痛什么时候开始都不要紧！

YUKI 看上去很紧张，但她还是给我画了画！

动动笔，似乎可以缓解她的紧张情绪。

今天的未来畅想图是相当遥远的展望，画的好像是宝宝变成

老太太时的样子。她穿着白色的衣服，在祈祷什么呢？宝宝长到

这个年岁的时候，我和 YUKI 大概都已经不在了……哎呀，不能这么消极（笑）。

明天的画大概会是老爷爷了。我满心期待！

REN

《就是明天！》 2009/9/9

明天终于就是预产期了。

我大概从傍晚起就兴奋不已，反而是 YUKI 笑着安慰我"冷静点儿"。

这样的时候，果然还是女人更坚强啊。

看上去，YUKI 已经做好了心理准备。

但 YUKI 今天好像实在无心画画，昨天预告的那幅老爷爷的画就没有了。追更的各位，对不住了！

后面几天估计会很忙乱，我准备暂停更新博客一段时间。下次的日记应该就向大家汇报孩子的出生了！

就写到这里，大家多保重！

REN

下一篇日记是大约一个月后更新的。

《近况汇报》　　2009/10/11

好久不见，我是 REN。

终于整理好心情，可以向各位汇报近况了。

YUKI 已经离开了我。

宝宝平安出世。阵痛在预产期那天准时到来，我们立刻去了医院。

起初一切都很顺利，但阵痛数小时后孩子仍然生不下来，YUKI 的状态就在这几小时里急转直下，医院赶忙为她做了紧急手术。

宝宝总算得救，但在手术过程中，YUKI 离开了人世。

在那之后，一个月的时间一晃而过。

为 YUKI 办葬礼和照料宝宝很费精力，我甚至抽不出时间悲伤。

不过现在，一个人写下这些文字的时候，泪水还是潸然而下。

尽管辛苦，但为了宝宝，我只能坚强。

我会努力抚养宝宝长大的。

REN

佐佐木望着屏幕，出了一会儿神，无法宣泄的情绪在心头萦绕。说到底，YUKI 和 REN 于他不过是毫不相干的陌生人。他原本也是出于好奇，才阅读这个博客的。

然而，一篇篇日记读下去，佐佐木发现，自己不知不觉竟共情了这两个人的喜怒哀乐。读完这些,他感到从未有过的失落。

也不知留在世上的这对父子,究竟要面对怎样的人生……

佐佐木开始惦念他们的未来。他希望 REN 能从 YUKI 去世的阴霾中走出来,和孩子过上幸福的生活。

带着祝福的心情,佐佐木按下"阅读下一篇日记"的按钮。

新的页面打开了。

看到日记的标题,佐佐木简直怀疑自己的眼睛。

《给最爱的人》　　2012/11/28

从今天起,本博客停止更新。

因为我发现了那三幅画的秘密。

我终究无法理解,你之前究竟背负了多少痛苦。

我也不知道,你犯下的罪孽有多深重。

我没办法原谅你。即使如此,我依然爱你。

REN

这是他最早看的那篇日记。

也就是说，2009 年 10 月 11 日，REN 在博客上宣布了妻子的死讯后，一篇日记也没有更新，几年后突然发布了这篇文章。佐佐木重读了一遍这篇日记。

"最爱的人"……恐怕是指 YUKI。这篇文章大概是写给他去世的妻子 YUKI 的。

"你犯下的罪孽"……从博客里，看不到任何有关 YUKI 犯罪的描写。

"我没办法原谅你"……REN 曾经那么深爱他的妻子，到最后竟然无法原谅她。这到底是怎么一回事呢？

"那三幅画的秘密"……说到画，自然会想到 YUKI 在预产期临近时画的那些"未来畅想图"。

这些画是一个擅长绘画的女人想象着自己即将出世的孩子未来的模样画下来的。此番举动并不常见，但也没有太古怪。希望孩子健康地长大、长命百岁……YUKI 大概是抱着这样的初衷下笔的吧。佐佐木想。

然而，REN 后来得知，这五幅画中有三幅藏着某个秘密。究竟是什么秘密呢？面对这难解的谜团，佐佐木束手无策。

但也不是没有提示，比如，**每幅画边上的数字。**

五幅画上分别标有数字。REN 问 YUKI 数字的含义时，她含糊其词，说那是"秘密"。看来这些数字会成为解谜的关键。

佐佐木给打印机接上电源，将五张画印出来，按数字顺序排列。也就是①婴儿→②老太太→③成年人（女）→④儿童→⑤成年人（男），时间顺序变得乱七八糟。

"最开始是婴儿……接着变老，又然后逐渐变回儿童……最后又变成大人？简直一塌糊涂啊……"

佐佐木叹着气躺倒在地板上。望望窗外，天空已经开始泛白。天马上就要亮了。

十点半还有课，佐佐木决定小睡一会儿。

※※※

正午一过，学生食堂立刻人满为患。要想占到座位，就要争取在十一点多到达。上午的最后一节课，佐佐木提前溜号，跑向食堂。

他的目的不是吃午饭，而是和栗原见面。

所幸没有白溜出来，食堂里还有很多空座位。佐佐木四处寻觅栗原的身影，但没有找到。大概他还没来吧。

总之先把饭票买了吧——刚要行动，就有人从背后拍了他的肩膀。

"佐佐木！我们又见面啦。刚才我看到你一路猛跑了过来，这么饿吗？”

　　是栗原。

　　两人拿着盛了咖喱饭的餐盘，找了张桌子，面对面坐下。

　　“栗原，你之前说的那个博客，我看了。”

　　“谜团重重吧？”

　　“嗯，托你的福，我昨晚都没怎么睡。做了各种猜测，还是一无所获。那博客真是奇怪。”

　　“我没说错吧。”

　　“唉，要是没有最后那篇文章，就是普通的夫妻恩爱日常了。”

　　“是吗？”

　　栗原的目光忽然变得凌厉起来，佐佐木不由得有些发怵。

　　“佐佐木……我也觉得最后那篇文章很吓人。但那个博客绝没有这么简单，它从头到尾都不寻常。”

　　“此话怎讲？”

　　“比如……孩子出生之后的日记**被删除了**。”

　　“‘被删除了’……？”

　　“从最后一篇文章中就能看出来。等我找找看。”

　　栗原从书包里拿出一沓订好的 A4 纸放在桌上。他将博客的内容打印了出来。

"栗原……你把里面的文章都印出来了？"

"当然了。我想解开这个谜题，已经在上下学路上读过很多遍了。"

《给最爱的人》　2012/11/28

从今天起，本博客停止更新。

因为我发现了那三幅画的秘密。

我终究无法理解，你之前究竟背负了多少痛苦。

我也不知道，你犯下的罪孽有多深重。

我没办法原谅你。即使如此，我依然爱你。

REN

"'从今天起，本博客停止更新'这句话很重要。按常理来说，只有在**临近当天还持续做某事**的情况下，人们才会用'今天起停止做某事’这个表述。比方说，如果有人说‘我从今天起戒烟’，大家都会认为‘这个人昨天还在吸烟’，对不对？同样，‘从今天起，本博客停止更新’这句话里，也包含着‘在今天之前，博客一直定期更新’的意思。

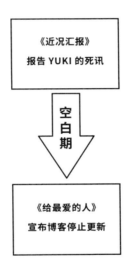

"可是，在此之前……从写下报告YUKI死讯的日记，到发布最后这篇日记，中间有几年的空白期。于是我产生了这样的想象：在这段时间里，REN也许一直在更新日记。但后来因为某种不明的原因，又将那些日记全部删除了。"

"……"

"删除博客并不是什么新鲜事。我也删过自己高中时写的研究《新世纪福音战士》[1] 的博客。但 REN 的删除方式似乎不太寻常。只留下妻子在世时的日记，删除了孩子出生后的内容……这未免有些吓人啊，搞不清楚他的动机。"

"这么说的话好像确实如此……我之前都没注意。"

"古怪的地方还不止这些，你看看他 10 月 15 日的日记。"

《纪念日》   2008/10/15

大家好，我是 REN！

说好要每天更新的，可我昨天太累，什么都没写就睡了。对不起。今天开始努力更新！

---

1 《新世纪福音战士》：庵野秀明执导的日本知名电视动画片，1995 年首映，被誉为对后世动画作品产生影响的第三代动画作品。

今天——10月15日，是很重要的日子。

是我和 YUKI 结婚的周年纪念日！

我们在礼堂买了蛋糕来庆祝。虽然有点儿心疼钱，但味道好到没的说。

因为蛋糕太好吃了，我吃了两块，被 YUKI 怒骂"你吃太多了！会变胖哦！"（哭）。

剩下的四块蛋糕放到冰箱里，明天吃。期待！

REN

"佐佐木，我考考你——**你觉得 YUKI 吃了几块蛋糕？**"

"嗯……既然她埋怨吃了两块蛋糕的 REN'吃太多了'，照理说，她应该吃了一块吧？"

"对吧。如果她吃了两块以上，自然也就不会埋怨别人了。不难推测，那天 YUKI 吃了一块蛋糕，REN 吃了两块，最后剩下四块蛋糕，加起来一共是七块。这说明他们把从礼堂买回来的蛋糕切成了七块，你不觉得奇怪吗？"

"确实……一般来说应该切成八块才对啊……"

"没错。那天的蛋糕多半是**被切成了八等分**。YUKI 吃一块，

REN 吃两块，还剩四块。加起来是七块……你觉得剩下的那一块去哪儿了呢？"

"呃……"

"这说明，有人吃掉了那块蛋糕……**除了 REN 和 YUKI，这个家里是不是还住了其他人？**"

"嗳？！不……这不过是主观臆断吧？说不定只是 REN 搞错数字了呢……"

"当然，光凭这一篇日记说明不了什么问题。这位隐身的第三者，在其他文章中也出现了。看看第一篇日记吧。"

《初次见面》　2008/10/13

我决定从今天开始写博客，先从自我介绍开始。我叫七筱 REN。

虽然想上传真人照片，但她说把个人信息发在网上很危险，那我就传一张速写画吧。

其实这幅画是妻子为我画的。

妻子名叫 YUKI，比我大六岁，是"姐姐型老婆"。

"我要开博客了，为我画张速写吧。"我如此拜托她后，妻子唰唰动笔，不到五分钟就画好了。不愧是当过插画师的人，画得真棒！

不过，是不是把我画得太帅了？

总之，我想在这里以日记的形式，记下我与妻随心所欲的日常生活。

我打算每天更新，欢迎追更！

REN

"日记开头写着'她说把个人信息发在网上很危险'。告诉REN'公开个人信息很危险'的究竟是谁呢？"

"不是 YUKI 吗？"

"是吗？你仔细看后面那句话。"

"我要开博客了，为我画张速写吧。"我如此拜托她后，妻子唰唰动笔，不到五分钟就画好了。不愧是当过插画师的人，画得真棒！

"既然特意说明了'**我要开博客了**'，就意味着 YUKI 当时还不知道 REN 要开博客。

REN 决定开博客
⬇
有人告诉 REN "公开个人信息很危险"
⬇
REN 告诉 YUKI，自己要开博客

　　"既然如此，告诉 REN '公开个人信息很危险'的或许另有其人。可能有人与 REN 和 YUKI 住在一起。不知道那人是他们的父母、兄弟姐妹还是朋友，但可以确定的是：REN 对外隐瞒了那个人的存在。可是，尽管博客中从没出现过那个人的名字，读者仍然可以从字里行间感受到其存在的蛛丝马迹……REN 这样做，究竟有什么目的呢？"

　　佐佐木感到一种说不清道不明的恐惧，栗原趁热打铁道：

"不过，这些还不过是皮毛。"

"还有什么吗？"

"没错。有关**倒着生长的胎儿**的描述，才是最可怕的。"

> 但听说只要做足准备，脚朝下的宝宝也能安全出生。这句劝慰让我放心了些。专业助产士就是可靠！

"读到这里，我不寒而栗。我妹妹出生时也是脚朝下，所以我很清楚，这类胎儿出生时难产的概率非常大。据说在人们不清楚这一点的年代，许多母亲或婴儿因此在生产过程中失去了性命。因此现在只要发现孩子倒着生长，基本就确定了孕妇在分娩时要做剖宫产手术。虽然也有例外，但正经的医院不可能轻易说出'只要做足准备，脚朝下的宝宝也能安全出生'的话。而 YUKI 也确实在分娩中去世了。"

"这么说，他们碰上了庸医？"

"嗯。神秘的同住人、试图隐瞒其存在的 REN、就诊医院的糟糕程度，这些都说明 YUKI 所处的环境很不正常。"

※※※

"说到这里，栗原，你怎么看那些画？"

"你是说'那三幅画的秘密'吗？"

"嗯，我做了很多推测，但还是毫无头绪啊……"

"你看到标在画上的编号了吗？"

"当然看到了。"

"那些编号是轴心哦。"

"嗯，应该是吧。不过，我把那些画按编号顺序排列之后，并没得到任何线索，只是时间顺序变得混乱而已。"

"佐佐木，数字的排列方式可有很多种呢。"

"你这话是什么意思啊？"

"也就是说，时间顺序不能代表一切。"

"栗原……你不会已经知道那些画背后的含义了吧？"

"嗯，差不多吧。"

"真的吗！快告诉我！"

"嗯……在这里不太方便说，得用道具辅助说明才行。"

"道具……？"

"啊，有了。不如我们今天去社团活动室吧？在那里解释比较方便。"

"活动室啊……但是啊……我最近都没露过面，好像有点儿尴尬……"

"这是哪儿的话！佐佐木是社团的一员，只要想去，随时都可以去啊。"

"是吗……"

"当然了。"

"……好吧。那我一会儿过去，算是找工作之中的调剂吧。"

听佐佐木这样说，栗原放松地笑了：

"太好啦！你最近总也不来，我可寂寞了。"

"你就不是会寂寞的人吧？不过一会儿我有课，估计得四点左右才能去了。"

"好啊。哦，对了，这个你拿着吧。"

栗原将那本 A4 纸打印装订的博客内容递给佐佐木。

"可以吗？你不是要在上下学路上解谜吗？"

"没关系，我印了好几份。"

"看来你是不揭开谜底不罢休啊……好吧，那我就收下啦，谢谢！"

"过奖了。那我在活动室等你。总之你记住，编号是轴心。"

※※※

第三节课上，佐佐木一直在看栗原给他的那本册子。这门课的老师出了名地喜欢在讲课时闲扯，因此不光是佐佐木，很多学生都会自由支配这段时间，要么自习，要么打瞌睡。

虽说如此，但只要不戴耳塞，老师的声音还是会自然而然地溜进耳朵。佐佐木有一搭没一搭地听着老师不慌不忙的闲扯。

"……上述案例自不必说，艺术和建筑的确有密切的关联。在绘画领域也一样，众所周知，因错觉绘画闻名于世的莫里茨·埃舍尔就是在哈勒姆的学校学习建筑……"

错觉绘画……

这个词令佐佐木灵光闪现。

YUKI 画的"未来畅想图"莫非是**错觉绘画**？

佐佐木对艺术了解不多，但看过几幅利用视觉错觉的神奇画作，诸如既像兔子又像鸭子的画、远看是骷髅近看是一对双胞胎的画，等等。这些画的共同之处在于，一旦转换视角，看到的内容就完全是另一副模样。

因为我发现了那三幅画的秘密。

或许REN在妻子去世几年后，发现YUKI留下的画可以从另一种视角来解读？

佐佐木翻阅册子中的"未来畅想图"，从各种角度观察每一幅图画。随后，他发现了一个问题。

将"成年人（女）"的画向右旋转九十度，在风中飘扬的长发就变得像受到重力的影响而垂下来。佐佐木顿时觉得自己好像参破了什么奥秘，可这个想法很快便落空了。就算站立的女子实际上是躺着的，又能怎么样呢？而且，若画中的女人是躺倒的姿势，那她胳膊的角度也很不自然。

这时，教室里忽然热闹起来，学生们开始收拾东西。原来不知不觉间已经快下课了。一个学生打开了教室的门，一阵强风从走廊上吹进来，哗啦啦地掀动了佐佐木手边的册子。

眼前的情景令佐佐木大吃一惊。

一页，两页，三页。

佐佐木，数字的排列方式可有很多种呢。

难道说，标在画上的编号是**页码……是叠放画作的顺序？**

莫非将这几幅画重叠，组合在一起，就能像错觉绘画一样，产生一张全新的画？

佐佐木撕下册子里印有图画的书页，试着按照"①婴儿→②老太婆→③成年人（女）"的顺序将画叠在一起，透过日光灯观察。

佐佐木将三张画重叠起来，但并不能从中看出什么。

随后，他又做了很多尝试，如替换图画、改变角度或位置，但都不顺利。组合的方式仿佛无穷无尽。

"该死……如果有提示就好了……"

　　这时，栗原的话不经意间掠过他的脑海。

　　　　那些编号是轴心哦。

　　　　总之你记住，编号是轴心。

　　编号是解开谜题的关键……这一点不用说佐佐木也明白。板上钉钉的事情，栗原为什么要叮嘱两次呢？

　　"不，等等……所谓的轴心，不会是这个意思吧……"

　　佐佐木陷入了沉思。难道"轴心"是字面意思，也就是物理意义上的"轴心"？

　　中心点、核心，或是**数个东西的接点**……就像被装订在册子上的订书针？

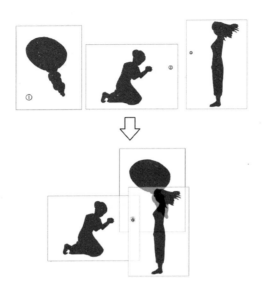

　　佐佐木重新叠放图画。这次他将编号①②③放在同一个位置，以编号为轴，摸索着转动那三幅画。他期待画作会在某个角度完美地重叠在一起。

　　然而，这次尝试也以失败告终。

※※※

下午四点，佐佐木走进位于大学一角的社团楼。

这栋建筑里挤满了文科类社团的活动室。佐佐木已经有将近半年没推开超自然现象社团活动室的门了。那是一间六叠[1]大小的房间，里面七零八落地堆放着图书和杂志，栗原独自在里面看书。

"久等了。其他人呢？"

"每周的这一天基本只有我一个人。"

超自然现象社团规模本就不大，佐佐木发现，他们这一届学生开始找工作后，社团也冷清了许多。他不禁有些同情栗原。

"佐佐木，我们这就进入正题，聊聊那些画背后的秘密吧。"

"等等，其实我刚才试着推理了一番。"

佐佐木将自己在课上得到的灵感——有关错觉绘画和轴心的猜想告诉栗原。

"原来如此。方向找得很准嘛，几乎可以说是正确答案了。"

"正确答案？关键的谜团还完全没解开呀。"

1　叠：日本房间面积的计量单位，一叠约为 1.62 平方米。——编者注

"思路有了，离破解谜团就只差一步了。佐佐木，你听我说，这是一幅拼图。这五幅画，是组成整幅拼图的五个零部件。你想象一下，如果拼图大小不一，就没法顺利地拼出图案吧。"

"大概吧……"

"这五幅画，原本是画在图画纸上的。REN 将它们拍成照片上传，发到了博客上。关键在于，**只看照片，根本看不出图画原本的大小。**"

"打个比方，拍摄大的物体时，相机通常要离被摄物体远一些，对吧？相反，拍摄小的物体时，则要把相机凑近了拍。这样拍出来的照片，被摄物体就会是同样的大小。"

"假如五幅画的纸张尺寸不一，给它们拍照时，每幅画的尺寸可能就会发生变化。这样一来，各片拼图的大小也就变得参差不齐。那么无论怎么拼，都不可能拼出完整的错觉绘画。"

"那么，只要把它们还原为原先的大小就行了？可如果没有实物，大概也做不来吧？"

"是的，但可以推测出来。因为那五幅画有轴心做参照。"

"轴心……你是说编号吗？"

"嗯。你刚刚说得没错，在叠放图画时把编号放在同一个位置，就可以拼出完整的画面。只不过，这时候需要关注的不是编号本身，而是**编号外围的圆圈**。你看，圆圈的大小不同吧？

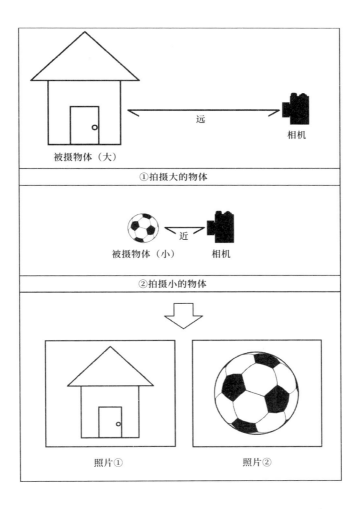

被摄物体（大）　　　　　远　　　　　相机

①拍摄大的物体

被摄物体（小）　　近　　相机

②拍摄小的物体

照片①　　　　　　　　　照片②

如果我们的推测是正确的……也就是说，如果编号是连接图画的轴心，那么**所有圆圈的大小应该是一致的，这样才比较自然。**"

"也就是说，只要放大或缩小画面，让五个圆圈的大小一致，就能将它们还原为原先的大小？"

"没错。我把你叫来这里，就是为了做这件事。这几幅画我先借用一下。"

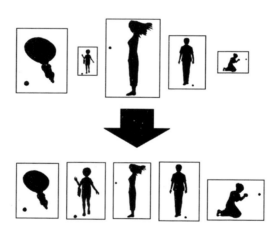

栗原拿过佐佐木刚才从册子里撕下的五页纸，走到放在房间角落里的复印机前面。

"嗯……这幅画要放大百分之二十……这幅缩小百分之十……这幅……"

他口中念念有词，灵巧地操作着打印机。不一会儿，打印机就吐出了五页纸。

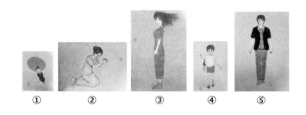

"好了，这大概就是五幅画原本的大小。"

"原来大小差这么多啊……好吧，叠在一起看看……"

"等一下，你还犯了一个严重的错误。"

"嗯？"

"你刚才是透着**日光灯**观察叠起来的图画的吧？"

"对啊。"

"听着，这五幅画分别标有①到⑤的编号。这些编号代表了图画重叠的顺序，对吧？也就是说，如果顺序错了，错觉绘画就无法成立。"

"嗯……是这么回事。"

"但如果你透着日光灯看，无论怎么排序——是'①②③'也好，还是'②③①'或是'③②①'——看到的画几乎都差不多。因为它们糊在一起了。"

"那该怎么办？"

"佐佐木，你知道什么是'图层结构'吗？"

"图层结构……呃，我不太清楚。"

"这是插画师很熟悉的词。比方说，一位职业插画师接到委托，对方要求他'画一个手捧饭团的小男孩，以大山为背景'。

"然而，图画好后，委托方往往会要求插画师修改，比如'小男孩手里还是不要捧饭团了，换成三明治吧'或'把小男孩换成小女孩'，又或者'背景不要山了，换成城市'，等等。如果

每次修改都要将整幅画全部推翻重来，那插画师可受不了。所以他们画画时会事先建好多个'图层'。

"插画师往往会先画底图①大山，接着画②小男孩，最后画③饭团。三幅画画好后，切下空白处，按照①②③的顺序从下到上将画面重叠，画就完成了。如果委托方挑了饭团的毛病，插画师只要将③重新画即可。但这里有一点必须注意，那就是**叠放画面的顺序**。

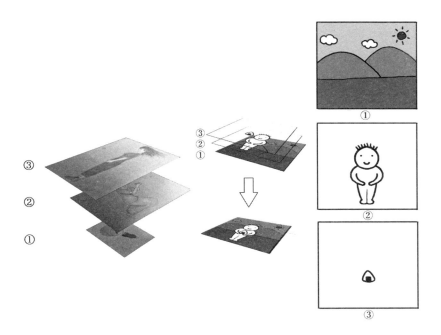

"举个例子，如果②和③的顺序颠倒了，饭团就会藏在小男孩的身后。所以在图层构造里，顺序很重要。博客里写了，YUKI以前是插画师，她必然对图层构造非常熟悉。既然如此……

"我们把编号为①的那张婴儿的图画放在最下面做底图，在上面叠上编号为②的那张老太太的画，最后是编号为③的成年女人的画。按这个顺序拼凑画面试试。"

栗原让三个编号保持在同一位置，将三幅画叠在一起，接着以编号为轴心，慢慢转动图纸。

"大概是这个位置吧……"

"拼上了吗？"

"嗯。下面我们把空白的地方剪掉。"

栗原拿起剪刀，开始剪纸。

这时候，佐佐木终于看清楚了那幅由三张纸隐隐拼出的令人毛骨悚然的图画。栗原还在哼着歌剪纸，佐佐木战战兢兢地问道：

"我说，栗原，你已经知道那幅画的模样了吗？"

"知道。昨天我就试过了。"

"既然知道……那你现在怎么还这么高兴啊？"

"因为有意思啊。剪好了。"

栗原将拼好的"错觉绘画"放在桌上。

"那三幅画的秘密"……YUKI留下的图画谜题，竟然是……

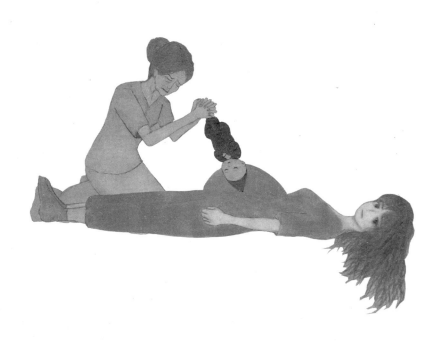

"不是吧……怎么会这样……"

"这恐怕就是 YUKI 想要说出的秘密了。"

女人的腹部和枕头重叠，使她看上去像个孕妇。

意识到婴儿为什么会穿着圣诞老人装后，佐佐木不禁打了个寒战：红色的三角帽原来是为了表现孕妇裂开的肚子，那一身红衣其实是母亲的血，裹遍了婴儿全身。这是一幅**剖开孕妇肚子，取出胎儿的图画**。

老太太的动作并非祈祷，而是抓着婴儿朝下的双脚，将其从母亲体内向外拽。她穿的白衣服也不是专门的祈祷服，而是医务人员穿的白大褂。

还有……佐佐木的目光移向女人的身体。白得过分的皮肤，大睁着的眼睛缺乏神采，还有那角度不自然的、僵硬的手臂。

这莫非是一具尸体？

"这幅画……难道是……？"

"没错。"

宝宝总算得救，但手术过程中，YUKI 离开了人世。

"和博客的内容一致，通过手术分娩，也就是剖宫产。"

"剖开肚子取出胎儿……那不就和画里画的一模一样吗……"

如果是用错觉绘画表现生活中发生的事，那无非是恶作剧罢了。

但事实并非如此。画是在 YUKI 去世前完成的。

这说明 YUKI 在预产期临近的时候，亲手画下了暗示**自己将不久于人世的画**。

"未来畅想图"……这个词重重地压在佐佐木心头。

"难道说，YUKI 预想到了自己会死？"

"说不定她有预言能力呢。"

"……是啊，不这么想的话，根本无法解释这一切啊……"

"也有可能是……她已经知道自己会遇害……"

"……嗳？！"

"我只是打个比方啊——假如妇产科的医护人员私下对 YUKI 怀恨在心，计划在 YUKI 生孩子的时候杀掉她……"

"呃……这未免有点儿……"

"你觉得这个推测武断吗？但明知道孩子胎位不正，还劝

YUKI 顺产的正是院方。"

但听说只要做足准备，脚朝下的宝宝也能安全出生。这句劝慰让我放心了些。

"夫妻俩听了医院医生的话，YUKI 却因难产失去了性命。也可以说……她的死是医院有预谋的**计划杀人**。"

"医院计划杀人？！"

"某天，YUKI 发现了院方的计划……或许她画画，就是为了告诉 REN，自己可能会在分娩中死去。"

"……不，退一万步来说，就算真是这样，YUKI 为什么要用错觉绘画的办法去暗示呢？直接跟 REN 商量不就行了吗？"

"或许有不方便商量的隐情。"

我也不知道，你犯下的罪孽有多深重。

"如果 REN 在博客里写的内容是真的，那就意味着 YUKI 以前或许犯下了某种罪。根据文字推断，罪名绝对不轻。"

"这么说，院方想杀掉 YUKI……是为了复仇？"

"如果是这样的话，那么 YUKI 直接和 REN 商量，就等于暴露了自己过去的罪行。"

　　　　　我没办法原谅你。即使如此，我依然爱你。

"‘我没办法原谅你’……这说明 YUKI 犯的罪和 REN 也有一定关系。所以她不能说。搞不好是 YUKI 后悔自己犯下的罪，主动接受了死亡呢。而她希望自己死后，REN 能得知真相，因此留下了暗号般的死亡信息……"

"怎么会这样……"

"好啦，这不过是我的臆测。你别太当真。"

"喂……你小子……"

"我们就是想破脑袋，也搞不清真相的。毕竟他们和我们没有任何关系，只是陌生人而已。"

※※※

二人离开活动室，在大学附近的快餐店吃过晚饭，各自踏上回家的路。分别时，栗原说：

"佐佐木，找工作那么忙，今天还让你陪了我一下午，真是不好意思。"

"没关系啦，好久没参加社团活动了，我今天也很开心。谢谢你哦。"

"是我该谢谢你才对……明天开始，你又要忙了吧？"

"嗯。明天要参加两家公司的说明会，然后还有课。"

"真辛苦啊……关于那个博客，我还会再想想的。"

"如果哪天你知道了真相，记得告诉我哦。"

"好啊，一言为定。"

※※※

回家路上，佐佐木在脑海中将栗原的推测整理了一番。

·YUKI曾经犯下某种罪。

・妇产科的医护人员因此对 YUKI 怀恨在心，建议她用不科学的方式分娩，企图间接杀害 YUKI。

・YUKI 发现了对方的企图，画了错觉绘画，留下死亡信息。

・REN 并未发现这一切，开心地将图画上传到博客。

・随后，YUKI 在分娩中失去性命。

・YUKI 去世几年后，REN 发现了藏在画中的秘密，弄清了 YUKI 死亡的真相，也知道了她犯下的罪行。

佐佐木还是觉得这一切太突兀了。

谁会明知医院里有恨自己的人，还偏偏选择在那里就诊呢？如果发现了对方的杀人企图，YUKI 大可以报警，也完全可以换一家医院生孩子。她为何甘愿走向死亡？

到头来，画下错觉绘画就是 YUKI 采取的唯一行动……

"错觉绘画……这么说来……"佐佐木想起一件重要的事。

栗原刚才解开了三幅画背后的秘密。

可那些画一共有五张，剩下的两张是为何而画的呢？莫非它们也可以组成错觉绘画？

佐佐木从书包里拿出栗原调整尺寸后打印的"④小孩""⑤成

年人（男）"，然后将两幅画的编号重叠在一起。眼前的画面顿时令他心头一紧。

"这……难道是……"

根本没必要剪去空白的部分，透过街灯的照射，两张图清晰地合成了一幅画面——

一对手拉手走路的父子。

（这是第二幅未来畅想图……）

YUKI 究竟是以怎样的心情，想象并画出自己离世后的未来图景的？

佐佐木想约栗原见上一面，听听栗原的意见。

他掉头朝来时的路跑去，栗原应该还没走远。

然而，他跑出很远，却始终没见到栗原。

第二幅画　盖住房间的浓雾

今野优太

今野优太的父亲武司是三年前的冬天去世的。

当时年仅三岁的优太，还不明白死亡究竟意味着什么。所以，他没有哭，也没有难过。只是一向稳重的妈妈阵脚大乱，让他直觉发生了某些不寻常的事，因而非常恐惧、不安。

如今，优太马上就要六岁了。和父亲一起生活的记忆虽然还在，但已经模糊不清，好像笼上了一层雾气。唯有一个片段，他记得非常清楚。

那是三年前的夏天，父亲去世前的几个月，父亲带着优太去扫墓。墓地离家步行大约十分钟。那天晴空万里，阳光炽烈。优太头戴草帽，父亲温柔地对他说了些什么。

而对话的具体内容，优太怎么也想不起来了。

记忆中，唯有聒噪的蝉鸣不绝于耳。

今野直美

今野直美情绪低落地准备着晚餐，剥去大葱的外皮，用菜刀将葱切成细丝。做这些的时候，她的心思还在隔壁的房间。起居室很安静，优太恐怕还在沙发上吸着鼻子闹别扭。直美打好火，在平底锅里倒油，放入切细的葱丝，开始翻炒。无数念头在她的脑海中碰撞。

（也许我确实训他训过头了。）

（不过，这也是一种教育方式。）

（难道就没有其他的话术了吗？）

（有时候，好好说是说不明白的。）

油热后葱丝散发出甜香，直美从冰箱里拿出肉馅，扔进锅里。

优太喜欢画画。小时候，他只能画出蚯蚓般弯弯曲曲的线条，仍然乐在其中，现在已经会画人物、动物、交通工具等很多东西了。最近还学会了借助绘画工具,其中绘图尺用得尤其顺手。

长方形的透明绘图尺上镂空出圆、三角、五角星等形状,用钢笔沿着镂空的形状描线,即使是小孩也能画出标准的图形。优太似乎喜欢得不得了。这本身没什么问题,在图画纸上想画多少都行。

可他为什么偏要画在地板上?还要用油性笔画?而且,这已经不是第一次了。上次画在了厕所的墙上,再上一次是画在柱子上……直美沾上去污粉蹭了半天,但画迹只是褪淡了一些,根本擦不干净。

"孩子的好奇心是无穷的,涂鸦也是自我表现的重要一环,千万不要训斥他们。"从前读的育儿书里这样写道。这本书的作者住的好像是自己买下的独栋住宅。

"如果作者租房子住,还会这样写吗?"直美在心里吐槽。

确认肉馅到了火候,直美将绢豆腐在手上切成小块,放入平底锅中。吱吱吱的声音在锅里炸响。她打开麻婆豆腐料理包的盒子,将铝箔包装中的汤汁倒入锅中。直美爱吃辣,年轻时一度认为甜口的菜根本没法下咽。但孩子出生后,她慢慢发现,醇厚的甜味汤汁也很美味。麻婆豆腐煮好的时候,电饭煲唱响了一段旋律。

"呼——"直美吐了口气，向起居室走去。她倏地翘起嘴角，似乎想以此帮自己转换情绪。

"小优，吃饭啦。"

优太在沙发上向直美投去试探的目光，试图从直美的表情中读出一些信息——妈妈的心情变好了？还是说，她还在生气？

（我小时候惹父母生气后，大概也是这种表情吧？）

直美用比平时温柔的声音笑着说："妈妈已经不生气了，快来一起吃饭吧。"

"嗯……吃饭。"

优太脸上紧张的神色一点点消失。

※※※

吃过饭，直美给优太洗了澡，又哄他入睡，再洗好餐具和衣服，终于松口气的时候已经十一点了。她在起居室的沙发上歇了一会儿，一天的疲劳蜂拥而至。自己已经不年轻了，从今往后，真能一个人将那孩子抚养长大吗？小时工时薪微薄，也存不下什么钱。现在住的公寓在市中心已经算便宜的了，但每个月的房租仍然只是勉强负担。

升学、考试、就职……在一个接一个到来的人生节点上，自己能为优太掏出足够的钱吗？能保护好他吗？

直美觉得，这一切简直像是一场没有终点的马拉松。

直美害怕的不光是未来，这几天，还有一件事让她放心不下。

最近，自己好像被人跟踪了……第一次产生这种感觉，是两天前的晚上。直美下班后去保育园接优太回家，半路突然觉得有人在背后盯着自己。可回头一看，身后一个人也没有。起初，她以为是自己的错觉。

但第二天，两人走在回家的路上时，身后仍有可疑的气息。

今天回家时，这份怀疑终于变成了确凿的事实。直美和优太一起在家附近的便利店买完东西，走出店门，门口停着一辆轻型机动车。不是附近常见的车型，直美觉得有些奇怪。

两人刚一往前走，那辆轻型机动车也缓缓启动，像要追上他们似的。直美开始紧张。车子一直开得缓慢，保持一定距离跟在二人身后。这明显不正常。应该拔腿就跑，还是站定不动？或者转身面对？这三种办法直美都觉得危险，只好紧拉着优太的手，继续向前走。

没多久，两人住的公寓就出现在眼前了。

"小优，走快点。"

直美牵着优太，加快了脚步，逃也似的进了公寓大门。两人刚进公寓，车子便骤然提速，扬长而去。这辆车果然是在跟踪他们。

"要是小武还在的话……"

直美望着房间角落里的小小灵位，喃喃自语。她知道这是徒劳的空想，但每天晚上，还是控制不住自己的思绪。优太的父亲武司，如今只能在相框中对她微笑。

直美拖着沉重的身子，拿起供在灵前盛麻婆豆腐的小盘子，走到厨房套上保鲜膜，将盘子放进冰箱。这是她明天的早餐。做完这些，直美回到起居室，在相框前双手合十地拜了拜，这才走进卧室。

优太已经睡着了，发出沉沉的鼻息。可能是刚才哭累了吧。最近，优太越长越像武司了。希望他能像武司那样长大。直美暗暗许下愿望，钻进被窝。

※※※

"喂，我平时可没少来这家超市买东西。结果呢，你们却这样粗鲁地对待我，谁还愿意再来啊？！"

一位上了年纪的女顾客好像对装袋顺序不满意，已经呵斥了直美将近五分钟。

"你啊，最好从头学学怎么接待客人。给我看下你的名牌——你叫今野，对吧？今天这件事我会告诉你们领导的。你简直让我恶心！"

直美保持着低头认错的姿势，目送客人大发雷霆着离开的背影。一看收银台的时钟，下班时间六点已经过了。

直美赶忙打卡，换好衣服，小跑着离开超市。优太的保育园可以照看孩子到晚上七点，虽说如此，六点过后，大部分孩子也都回家了。家长迟迟不来接的孩子，就要在保育室和老师两个人一起坐着干等。这幕寂寞的情景，直美已经见了很多次。她不想让已经是单亲的优太承受更多孤独。想到这些，直美尽全力奔跑起来。

到保育园的时候，还差几分钟到 6 点 15 分。

穿过大门，走进院子，直美听到一个可爱的声音："啊，是优太的妈妈！"一个梳着三股辫的小女孩和一个留着胡子的高个男人从前方走来，是和优太同班的米泽美羽和她的父亲。美羽在班里好像和优太的关系特别好。直美微微弯腰，笑着和美羽打招呼："晚上好呀，美羽。"然后抬起目光，和她的父亲寒暄。

"米泽先生，您辛苦了。"

"今野女士也辛苦了！大家每天都很不容易啊。"

"嗯，确实。"

"对了，下个月我们打算在自家院子里烤肉，您要是方便，就带优太来玩吧！我们会备很多牛肉，多到吃不完！谁让我们姓米泽呢！"

"啊……？"

"那个，'米泽牛肉'不是很出名吗？我们也姓米泽……所以我们米泽家买的牛肉，简称米泽牛肉……开个玩笑！"

"爸爸，你说漏嘴啦！"

美羽在一旁表示不满，两人默契绝伦的唱和令直美忍俊不禁。

"哎呀，我又说漏嘴了吗——美羽好严格呀——"

米泽的父亲害羞似的笑着，和女儿手拉着手，开心地走出保育园大门。直美微笑着目送两人离开。

听说米泽家的太太现在患晚期癌症，正在住院，月底要出院回家休养。每个家庭都有各自要面对的难关。

（日子虽然艰难，但大家都活得很开朗啊。我也得努力。）

直美觉得自己得到了些许鼓舞。

保育室里，优太正在和负责他的保育士春冈美穗玩拼图。果然今天他也是留到最后的孩子。

"小优，抱歉，我来晚了！"优太听到声音，偷瞄了直美一眼，目光又落回拼图上：

"妈妈，你等等，拼图还没拼完。"

优太语气生硬，和他稚嫩的声音很不相称。四岁半以前，接他的时候他还会大喊着"妈妈——！"朝直美奔去，可最近他似乎开始觉得在外面和妈妈黏在一起的样子很逊。这让直美有些寂寞，但对男孩子来说，或许还是这样更好。

保育士春冈对紧盯着拼图的优太说：

"优太，老师想和妈妈说说话，你能一个人等一会儿吗？"

直美心头一紧，发生什么事了吗？

见优太露出不服气的神色，春冈鼓励道："等老师和妈妈回来后，让我看看优太拼好的拼图哦！老师很期待呢！"

优太似乎立刻有了干劲。

春冈带直美来到教员室。

"抱歉，您忙了一天还要听我唠叨。请这边坐。"

"不好意思，失礼了。"

直美在折叠椅上坐下，春冈也搬来一张同样的折叠椅，坐在她旁边。

"最近，优太在家里有没有做什么奇怪的事？"

"奇怪的事……您是指……？"

"比如说……沉迷于恐怖电视节目……之类的……"

"恐怖电视节目？我没见他这样啊……请问，这孩子怎么了吗？"

"嗯……请您稍等。"

春冈起身从员工办公桌上拿来一个厚厚的文件夹，里面装了很多张画，都是孩子们用蜡笔画的。

"今天下午，班里的孩子们画画来着。马上就要到母亲节了嘛，所以，我让大家画一幅'母亲的画'，送给各自的妈妈做礼物。然后……嗯……这一幅是优太画的……"

直美接过春冈递过来的图画纸，怔住了。

　　画面中靠右的两个人，应该是优太和直美，正中间是两人
住的公寓楼。楼层数、房间数、大门位置都画得很准确。公
寓明显比人小很多，这一点让人忍俊不禁，诡异之处在画面
上方：

　　顶层正中的房间，被优太用灰色涂得一团糟。

　　那便是直美他们住的房间。
　　　　‥‥‥‥‥‥‥‥‥

"春冈老师……这团灰色的东西……是优太……自己涂上去的？"

优太喜欢画画，如果画出自己满意的画，有时会躺在床上满足地欣赏。直美称这个行为是"自画自赏时间"，觉得这样的优太很可爱。优太不可能对自己的作品这样做，说不定是坐在他旁边的孩子捣的乱……直美不愿怀疑同班的小孩，却怎么也控制不住自己的想象。春冈仿佛看穿了她的顾虑，这样说道：

"确实有一部分孩子喜欢在朋友画画或专注的时候捣乱。这些孩子虽然没有恶意，可是被捣乱的一方就会受伤。为了避免这样的事发生，我平时一向注意观察，看大家是否集中精力在自己的创作上。最起码，今天没有人在优太画画的时候给他捣乱。"

"这样啊……"

"只不过……我搞不清楚每个孩子画画的顺序到底如何……这一点是我能力不足……优太画完画后，我才发现画面不太对劲。至于他为什么要把这里涂成灰色，我就不清楚了。非常抱歉。"

"您不必为此道歉。一个人照看那么多小孩，看得这么细致也是不可能的。"

"不好意思……"

"不过，优太为什么要这么画呢？"

"其实，刚才我问过他，结果优太回答'我不想说'。"

"不想说……？"

"优太很喜欢画画，如果放在往常，他肯定会高兴地跟我说明，但他今天不知道是怎么了……所以我很担心。对了，这栋房子是您和优太住的公寓，对吧？"

"是的……被涂灰的那个……就是我们的房间。"

"果然……所以我怀疑，您家里是不是有什么让他害怕的东西……"

听到这句话，直美的心里划过一阵钝痛。她想起昨晚的事。

"老师……其实昨天……"

直美说了昨晚因为优太在墙上乱画，自己严厉训斥他的事。她原本只是想陈述事实，但说着说着渐渐控制不住情绪，不知不觉间开始不住地自责。春冈听完事情的原委，望着直美的双眼温柔地问：

"原来是这样啊。不过，你们后来就和好了吧？"

"是的……"

"优太也明白自己为什么会被训斥了吧？"

"这个……是的。训他的时候，我都会告诉他原因。"

"那多半就不是因为这个。您瞧……"

春冈指着图画纸上的"妈妈"。

"他把妈妈画得很可爱呀，要是他还介意挨训的事，就不会这样画啦。"

"是吗？"

"嗯，所以您大概不必为了这个担心。再观察一阵子吧，也可能他只是今天情绪不好。"

"谢谢您……您这样说，我轻松了不少。"

"抱歉，我这话说得太自负了。对了，您等我一下。"

春冈拿着优太的画，起身去复印机前将它复印了一份。

"这画毕竟是'母亲节的礼物'，母亲节那天之前，孩子们的画都要放在我这里保管。但您也许还是会有些担心，所以我先复印一份给您。"

"谢谢您这样替我着想……"

"没事没事……还有，今天给您看了画的事，请对优太保密。这本该是一份惊喜礼物。"

"啊，对，是惊喜……呵呵……我得提前练习，好在母亲节那天表现得惊讶才是。"

直美接过复印好的画，目不转睛地凝视。这时，她有了一

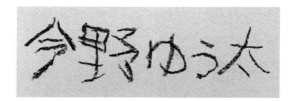

个新发现：

"这几个字是优太写的吗？"

"是呀。"

"他竟然会写汉字了……"

"上个星期，我让孩子们练习用汉字写自己的名字来着。明年他们就要上小学了，我想是时候该做些学习的准备了。"

"这样啊……"

"优太学东西快得惊人，'优'字的笔画太多[1]，对他来说还有些难，其他三个字他已经可以默写啦。"

"他好棒啊……"

优太在渐渐长大成人，直美开心的同时，也感到有些失落。

---

1 "优"在日语中写作"優"，ゆう是它的平假名。

两人回到保育室，优太已经拼好了拼图，一脸自豪。春冈和直美夸张地表扬了他。直美看到优太羞涩又开心的模样并无反常，这才放心了些。

※※※

离开保育园时，天空被晚霞染得通红。

"肚子饿啦。"优太嘟囔道。直美的肚子也饿得咕咕叫，可她今天没力气再做家务了。

"小优，我们在外面吃饭吧？"

两人决定顺路去家庭餐厅。吃完饭走出店面，天已经彻底黑了。直美和优太手拉着手向前走。

走过大道，他们拐进一条小巷，远处已经能看到两人住的公寓。直美想起昨天的那辆车，身体下意识地变得僵硬。

（应该……不会有事吧。不可能连续四天……）

这时，两人身后远远地响起轻微的发动机声。低而可怕的声音从背后缓缓接近。直美后悔自己刚才没有直接带小优回家。现在周围这么暗，无论发生什么都不会有人发现。

"妈妈，后面有车开过来了。"

"我知道。不要回头看哦。"

"为什么？"

"不行就是不行。"

轮胎与地面摩擦的声音就在身后，车前灯照在两人身上，在地上投射出一大一小两条影子。

"妈妈。"

"小优，跑起来！"

直美握紧优太的手，开始小跑。

身后的车子明显提高了速度。

（怎么回事……到底是谁……为什么要这样做？）

恐惧和不安几乎将直美逼哭。好想赶快回家锁上门，好想到安全的地方歇歇脚。

看到公寓大门了。

"小优，小心脚下。"

直美拉着优太跑上楼梯，推开玻璃门，蹿进大厅。

世界骤然明亮起来，直美头一次如此感激日光灯的存在。对方再怎么样也不会追到这里来吧。双腿不再打战，直美一面平复呼吸，一面按下上行的电梯按钮。数字"6"闪着光，意味着电梯在六层，降到一层大概要十秒钟。

直美战战兢兢地回头望向公寓大门，发现一件怪事。玻璃门外面有一片模糊的亮光——是车前灯。那辆车正停在公寓前面。这时，门外传来轻微的咔嚓声，是车门打开的声音。难道对方要下车？

电梯刚下到四层，要不要躲进管理员室？但管理员不是一直都在，这个时间应该已经下班了。自己和优太无路可逃。

"小优，我们走这边吧？"

直美指了指电梯旁写着"楼梯间"的门。优太愤愤不平地抗议道："嗳？爬到六楼很累呀！"的确，就连直美也没有用颤抖的双腿跑上六楼的把握。

直美再次回望玻璃门。说起来，从车门打开到现在已经过去了一段时间，可她还没听到关门声。莫非对方没关车门就朝这边来了？这个猜想令人不寒而栗，但至少对方不会立刻冲过来。

几秒钟后，电梯到了。直美拖着优太冲进去，匆忙按下数字"6"，电梯门慢悠悠地闭合。

（快些……再快些……！）

就在这时，直美从即将合上的门缝中清清楚楚地看到了，站在玻璃窗外的人影。

对方裹在一件灰色的大衣里，风帽遮住了脸，但从身材判断，应该是个男人。

（究竟是谁？）

六层到了。离家门只有一步之遥。紧张的情绪逐渐消散。直美走在走廊上和优太说：

"对不起，小优，突然要你跑起来。是不是出了一身汗？回家后我们马上就洗澡。"

"洗澡前我想先看 YouTube[1] 视频。"

"嗳？洗完澡再看不就好……"

话未说完，直美忽然感到背后有一股异样的气息——不，不是气息，而是声音。

"妈妈……你怎么了？"

"抱歉小优，先别说话。"

侧耳倾听。

"呼——呼——"那是一个低沉的男声，像在拼命克制凌乱的呼吸。

1　YouTube：创立于美国的视频网站。

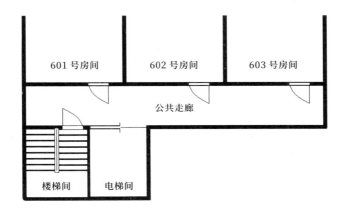

声音从电梯旁边写着"楼梯间"的门后传来。直美的心跳骤然加快。

（莫非……对方从楼梯间跑上来了？）

也就是说……直美二人坐上电梯后，穿大衣的男人从楼梯间跑上来，埋伏在这一层。可他是怎么知道直美他们住在六楼的呢……直美恍然大悟，是刚才优太那句话……

嗳？爬到六楼很累呀！

被那个人听见了吗？从外面……？

怎么办？返回电梯下到一楼，然后跑到外面去吗……可要这么做，就必须靠近那扇门。这不行……直美的浑身上下都在抗拒这个选择。家门就在眼前，只好躲进去。

直美从包里掏出钥匙。手在发抖，她花了好几秒才将钥匙插进锁孔。就在此时，楼梯间那边传来吱呀一声，沉重的大门被缓缓地打开了。

（来了！）

直美将全部注意力集中在指尖，转动钥匙，抓住门把手，使出全身力气开门。先把优太塞进去，接着将自己的身体挤进门缝，慌乱地关门，用还在颤抖的手给门上锁、挂上锁链。她趴在猫眼上向外看，没看到男人的身影。又看了一会儿，男人还是没来。

"呼——"

直美腿一软，坐在地上，仿佛全身的力气都被抽走了。

"妈妈……你没事吧？"

"嗯……大概……没事了……"

随着情绪逐渐稳定，异样的感觉却开始在心中膨胀。男人为何要埋伏在楼梯间？直美母子二人从出电梯到进家门这段时间，男人大可以下手，但他却一直藏在门的另一端。

不经意间，直美想起刚才大门发出的吱呀声。那个男人为什么要在这时候开门？

"……原来如此。"

直美意识到，自己犯了一个重大的错误。

男人是在观察两人要进哪个房间。

"他知道我们住在哪里了……"

那一晚，直美直到天亮都没睡着。她坐在起居室的沙发上，一直留意着玄关的动静，脑海中屡次闪过这样的画面：门被扳手撬开，一个男人手持菜刀走进来……

要不要打电话报警？可毕竟没受到什么实际的伤害，她不认为警方会认真对待。

最重要的是，直美还有不便让警方知道的事。

"真是够了……这些事到底要怎么办？"

直美垂头丧气。这时，桌上的一张纸忽然映入她的眼帘，是春冈帮忙复印的优太的画。

所以我怀疑，您家里是不是有什么让他害怕的东西……

　　说不定优太已经隐约感受到了那个男人的存在，于是用图画将压力表达了出来。这样的话，如果现在的状况一直持续，优太就太可怜了。必须赶快解决问题……

　　（小武……保佑我们吧……）

　　直美留恋地望着武司的灵位。

　　凌晨四点过后，天空逐渐露出鱼肚白。再过两小时，和往常一样忙碌的一天就要开始了。

　　（怎么也得睡一会儿……）

直美拖着重如铅块的身体走进卧室，帮优太把踢开的被子盖好，然后钻进旁边的被窝。她将闹钟设定在早上六点，闭上眼，没过几秒，意识便消散了。

※※※

睁开双眼的瞬间，直美有一种不妙的预感。窗外射进来的晨光比平时要亮。一看表，七点半已经过了。

"糟糕……"

直美飞快地从床上起身。往常的这个时间已经要出门了。

"小优，快起床！我们好像起晚啦！"

看向旁边被窝的刹那，直美便清醒过来。

优太不见了。

"应该是……去厕所了吧。"

直美劝慰自己似的嘟囔着，朝厕所走去。然而，优太不在那里。起居室、厨房、阳台、储藏间里……都没有他的身影。

心脏快从嗓子眼蹦出来了。

（难道……他出门了？不可能啊……之前他从来没……自己出过门……）

踩着人字拖去开门的时候，直美忽然发现，门没有上锁，安全链也没有挂。低头一看……优太的鞋子不见了。

直美发出支离破碎的惨叫。

春冈美穗

"……好的……好。如果有什么需要我们帮忙的，我们一定尽力。所以请您随时联系。希望优太平安无事。没关系……不麻烦的。好的……那就先这样。"

春冈美穗放下听筒。

"春冈老师，发生什么了？"

同事矶崎在一旁询问。

"是这样……"

※※※

事情发生在几分钟前。春冈像往常一样来到保育园，忙着处理早上的一些杂务，教员室的电话响了——是今野优太的监护人直美打来的。

"我是今野！抱歉打扰您的工作！优太……今野优太他、他在您那边吗？"

隔着电话也能清晰地感受到直美的恐慌，春冈趁机实践了她在保育士学校里学到的应对方法。

"今野女士？您还好吗？请先冷静点，深呼吸……吸气……呼气……吸气……呼气……现在可以告诉我发生了什么吗？"

直美情绪激动，但还是有条不紊地说明了优太从家中失踪的事。

"这可真叫人担心……优太目前应该不在我们这儿。"

"果然不在……真是的，他到底去哪儿了……"

"您报警了吗？"

"报警……"

不知道为什么，直美含糊其词。

"还没……我准备这就报警……那个，既然如此，今天小优就请假不去保育园了。找到他之后，我立刻和您联系。抱歉，让您担心了！"

直美匆忙地挂断了电话。

※ ※ ※

"这样啊……确实让人担心。需要帮忙你就直说！那我先
走了！"

矶崎听完春冈的说明，留下这句简短的话，就匆匆离开了
教员室。要是别人看见了，或许会觉得她不近人情，但春冈深
知她不是这样的人。

矶崎负责的"哺乳期儿童班"接收的是零到两岁的孩子，
也就是"婴儿班"。若是有几秒钟不注意，就可能发生危及孩
子性命的事。她当然没工夫替其他的班级操心。

独自留在教员室的春冈惦记着优太。她已经照顾优太两年
了。毕竟是自己班上的孩子，就算短短几年孩子们就会毕业离
开，还是难免产生感情，觉得他们就像自己亲生的一样。春冈
恨不得立刻跑到保育园外面，四处寻找优太。

可是，其他孩子马上就要来了。作为职业保育士，必须分
清事情的轻重缓急。

春冈起身朝保育室走去。

春冈负责的是大班，班里共有二十二个孩子，今天来了
二十一人，只有优太请假。大班的孩子马上就要五岁了，和矶

崎带的"婴儿班"相比,教大班要轻松得多。但每个孩子个性都很强,有的孩子甚至已经有了让成年人自愧弗如的机灵劲儿和坏点子。光是扮演"好好老师"已经不行了,必须有变脸似的沉着冷静,一会儿唱红脸,一会儿唱白脸。

"好啦——别再聊天啦!下面我点名,被点到名字的人要喊'到'哦。"

几个调皮的男生故意装作听不见春冈说话,仍然折腾个没完。

(现在要唱白脸了吧……)

这时,一个稚嫩的童声突然在教室里响起,盖过了那几个男孩的声音。

"老师,优太怎么没来?"

是米泽美羽。美羽是优太的同桌,平时一直很关注优太。她的过分热心有时让优太露出为难的神情,却也不至于讨厌她。两人的关系一向很好。

"嗯……优太他啊……他今天家里有点儿事,请假了。"

"咦?他昨天没跟我说呀……明天他来了我问问!"

糟了，春冈想，不该随意说谎的。但告诉孩子们优太目前下落不明，造成恐慌也不合适。这种情况，要怎么应对比较好呢……

今野直美

和春冈通过电话后，直美平静了一些。这时她才意识到自己还穿着睡衣，于是匆忙换好衣服，来到一层的管理员室。

管理员五十多岁，体态发福，正在服务台前疲倦地敲着键盘。

"不好意思，我是 602 号房间的住户今野。今天早上，我儿子好像独自外出了……不知道他去了哪里，您可以让我看看监控录像吗？"

管理员瞥了直美一眼，不耐烦地说：

"行是行……但咱们这间公寓的管理费很少，摄像头只有门口的那一个。你还要看吗？"

"嗯！当然要看。"

"……好吧。那你稍等一下。"

管理员咔嗒咔嗒地敲着电脑键盘。

"呃，你儿子大概是几点不见的？"

"早上七点半之前——这个时间可以确定，更具体的我也不太清楚。"

"七点半之前啊……嗯？莫非是这孩子？"

直美透过管理员室的玻璃看向屏幕，独自跑出门外的优太出现在屏幕上。

"没错，就是他！"

直美多少安心了些。

优太是一个人出门的……也就是说，和昨天晚上的那个男人无关。

"非常感谢，百忙之中给您添麻烦了。"

"没什么，我倒是不忙……真是他啊，没想到您儿子这么小，那确实叫人担心。要不给警察局打个电话吧？"

"先不用……不要紧的。"

春冈美穗

上午的工作一如既往，又是一片兵荒马乱。

吃完午饭，就到了保育园的孩子们午睡的时间。除了一名当班的保育士守着孩子们，其他老师几乎都会回教员室，因为每天能静下心来处理工作的时间只有这么一点。

春冈坐回办公桌前，开始事务性工作，但怎么也无法集中精力。她情不自禁地担心优太。从早上到现在，一门心思地照顾班上的孩子们，多少缓解了她的担忧。那通电话之后，直美就没再和她联络，说明优太还没找到。

春冈忽然想起昨天那幅画来。

她从文件夹中拿出优太的画，端详画上被涂灰的公寓房间。这幅画和优太今天早上的失踪，是否有什么关联呢？

"把自己住的房间涂掉"——这究竟是一种什么心理？

春冈想起在保育士学校读书时的往事。

发展心理学的课程请过一位特别讲师，给学生们上过一堂有关绘画的课。那位老师是一位年迈的女性心理学家。那堂课上，她不遗余力地告诉大家，绘画是解读孩子内心的重要工具。

※※※

"讲到这里，大家恐怕要吓一跳了……"老师用粉笔在黑板上画了一个菱形。

"这个是菱形，也叫钻石形，对吧？下面请各位在自己的笔记本上画下这个图形。"

老师为什么要让大家画这个？当时还是学生的春冈觉得稀奇，但还是在活页本的一头画了个菱形。

"画好了吗？有人觉得'太难了，画不出来'吗？"

老师戏谑地说，教室里响起一阵哄笑。

"没有吧？成年人轻轻松松就能画好。那么，让小孩子做同样的事，大家觉得会怎么样呢？"

老师将一张纸贴在黑板上。

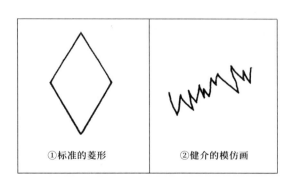

①标准的菱形　　②健介的模仿画

"这是我亲戚的小孩，一个叫健介的三岁儿童画的'菱形'。"

大家一片哗然。纸上的图案和菱形完全不沾边，是一条锯齿状的线。

"有人觉得他画得像菱形吗？没有吧。健介君看着'菱形'的图样，试图画出一模一样的图案，得到的却是这条锯齿状的线。他绝不是故意这样做的，并且，他的智力发育也没有任何问题。实际上，把菱形画成这样的小孩非常多。"

同学们集中注意力，听老师讲解。老师像是觉得一切尽在掌握之中，得意地继续往下讲：

"健介看着菱形图案的时候，想的大概是：'碰到这个的话，会很疼。'你们看，菱形的四个角不是很尖吗？健介的大脑首先想象到手指碰到尖角的动作。孩子的想象力是非常丰富的。接下来，他又想到碰到尖角时手指的刺痛，于是将这种刺痛感用绘画表现了出来。"

老师指着那条锯齿状的线。

"我们成年人可以将眼睛看到的实物画下来，但小孩则是画出自己大脑中浮现的影像。很艺术吧？常有人说'孩子都是艺术家'，这句话并非没有道理。"

※※※

春冈注视着优太的画，想起那位老师的话。

小孩画的不是眼前的实物，而是脑海中浮现的影像……也就是说，画这幅画的时候，优太的脑海里浮现出的是"一团灰色的东西"？

　　真想知道优太是怎么想的。春冈拿着画，朝保育室走去。

　　保育室里一个人也没有，春冈坐在办公桌前，拿出蜡笔和图画纸，照着优太的画描摹，试图画出一张一样的来。她明知这样做对事态没什么帮助，但还是想真正动起手来。这样自己至少可以贴近优太画画时的想法。

　　春冈拿起黑色蜡笔，先在图画纸的中间画了一座公寓，接着用灰色蜡笔，将六层正中的房间涂花。

　　这样一来，刚才用黑色蜡笔画的线条便晕染开，和灰色蜡

春冈的画

优太的画

笔的线条混在一起，调出一种令人不悦的颜色。春冈感到一阵异样，似乎有哪里不对。

她将优太的画和自己的画对比着看，然后有了一个奇妙的发现。

优太的画上，黑色和灰色没有混在一起。

春冈的画中被灰色涂花的部分，在优太的画上清清楚楚地保留着黑色的线条。涂了这么多的灰色，下方的黑线必然会晕开，和灰色混在一起。可优太的画为什么不是这样呢？

春冈沉思了一阵，终于想到了一个极为简单的答案："原来是这样啊，公寓楼是后画上去的。"

优太没有用灰色蜡笔将公寓涂花，而是先在图画纸上涂了一团灰色，接着在灰色之上画了公寓楼。黑色的线条是画在灰色上面的……如果是这样的话，线条没有晕开的谜团也就解决了。可是……

"优太为什么要这样画呢……"

春冈再一次仔细查看那幅画，目光最终停留在一个地方：

只有少许灰色的部分超过公寓楼的轮廓线，跑到外面去了。不知道为什么，只有这个地方的黑线晕开，和灰色混在一起。

也就是说，只有轮廓线是在那团灰色之前画上去的。春冈将混乱的思绪略作整理：

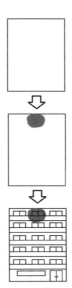

优太先画了公寓楼的轮廓，也就是竖立的长方形。随后将长方形靠上的部分涂成灰色，最后画上楼里的房间。轮廓→灰色→房间。这奇怪的顺序究竟意味着什么呢？

这时，保育室的门突然开了，矶崎站在门外。

"抱歉让你分心了。优太找到了吗？"

"应该还没找到。"

"是吗。对了，没有出警吗？"

"嗯？"

"啊，其实我之前工作过的保育园也遇到过类似的事。只不过当时不见的是个六岁的小女孩。听说她突然从家里跑丢了，闹得警察都出动了。嗯，不过那孩子后来很快就被找到了，好像是去找住在邻区的奶奶了。总之，孩子没事就比什么都强。当天上午巡警就到保育园来，问了我们很多问题，可吓人了。这次倒没发生这种事吧？"

"这么说的话……的确没有呢。"

"嗯，大概不同的警察局处理方式也不同吧。不好意思哦，在你这么忙的时候打搅。"

"不会，谢谢你把这件事放在心上。"

"话说，你这是在干吗呢？"

"啊，这个是……"

春冈将方才的发现告诉了矶崎。

"我在想……优太把这部分涂成灰色的时候，到底是怎么想的呢？矶崎老师，你怎么看？"

"是呢……有没有可能是涂改的意思呢？"

"涂改？"

"蜡笔和彩色铅笔不一样，是没法用橡皮擦掉的，对吧？所以常有小朋友把没画好的地方涂花，其实是想把那块地方擦掉。"

"啊……"

"不好意思，我得走了！有什么进展，立刻告诉我哦！"

矶崎在走廊上跑远了。

春冈一个人在保育室里，发了一会儿呆。

为什么现在才注意到呢？大概是注意力全被"用灰色把自己家涂掉"的异常行为吸引过去了吧。

把没画好的地方涂掉……这种可能性是有的。

春冈的目光落在蜡笔盒上。小孩想擦掉自己画得不好的地方时，会用什么颜色的蜡笔呢？想都不用想，一定是白色。

这一点，用大人的逻辑也解释得通：我们用钢笔在文件上写字的时候，写错了字就会用白色的涂改液涂掉。小孩子也一样，画画时如果出错，肯定想用白色蜡笔涂改。但蜡笔和涂改液不同，用一种颜色覆盖原有的颜色时，色彩就会混作一团。

原来……优太用的不是灰色的蜡笔。他或许是想用白色蜡笔抹去黑色蜡笔留下的印记，没想到黑色和白色掺在一起，变成了一团灰色。

春冈跑到保育室后面，孩子们的储物柜在那里。她打开优太的储物柜，从里面拿出蜡笔盒，打开盒子看那根白色的蜡笔，笔尖处果然变成了灰色，肯定是优太用它在黑色线条上涂抹时留下的。

春冈再次整理目前得到的信息：

优太先画出公寓楼的轮廓，然后想用黑色蜡笔在上面画些什么，却觉得自己没画好。所以他用白色蜡笔涂在上面，想抹掉画坏的地方。白色和黑色混在一起，就成了一团灰。最后把房间画在灰色上面，完成了画面……

那么，没画好的部分原本是什么呢？不搞清楚这一点，就无法参透画背后的真相。

“要是我平时对优太再观察得仔细些就好了……”

春冈的话说到一半，忽然灵光一闪：有了！

这所保育园里，有一个人一直很关心优太，悉心观察他的

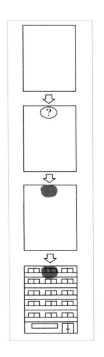

一举一动。春冈朝午睡房间走去，她要见见这个人。

※※※

距离午休结束还有二十分钟，但已经有几个小朋友醒来，在被子里动来动去。米泽美羽就是其中之一。

春冈征得当班保育士的同意，将美羽带到了隔壁房间。

"对不起哦，美羽，午睡的时候叫你出来。"

"没关系，我已经不困啦。"

"谢谢你。美羽啊，你还记得昨天大家一起画了一幅画吗？"

"嗯！是给妈妈的画。"

"没错。不过啊，老师有点儿想不起来了，优太当时画了一幅怎样的画啊？"

"嗳？老师想不起来了吗？"

"嗯……美羽记得吗？"

"嗯！那幅画是，优太和他的妈妈站在公寓门口！"

"美羽记得好清楚呀！"

"嘿嘿！"

"那现在，老师想知道优太当时是怎么画出那幅画的。美羽，优太画画的时候，你看到了吗？"

"嗯！看到了！"

春冈心跳加速。

"那你能告诉老师，优太是怎么画的吗？"

"好呀！嗯……一开始，优太用蜡笔画了一个大大的长方形。"

"大大的长方形呀？然后呢？"

"然后哦……然后他画了一个小小的三角形。"

"小小的三角形？"

"嗯！他在大大的长方形里，画了一个小小的三角形。然后呢，后来呢……嗯……"

再往后，美羽也开始集中精力画画，似乎记不清了。

※※※

春冈谢过美羽，把她送回午睡房间，自己回了保育室。多亏了美羽，她才了解到重要的信息。

优太先画了一个大长方形，接着在里面画了一个小三角形，然后用白色蜡笔将其涂掉。之后再补上"房间"，公寓楼就画好了。

这一系列的行动说明了一个事实：

优太起初想画的不是公寓楼，而是别的什么东西。

大长方形里套着小三角形的图案……在这里面补上一些线条，那幅画应该就能完成了。

可是，优太画到一半便放弃了。望着图画纸上没画完的图形，优太一定有了别的想法：

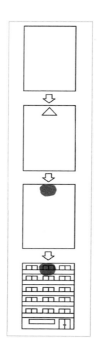

"在这上面添上房间，把它变成公寓楼吧。"

这就相当于在写错的字上硬添几笔，把它变成正确的字。优太为何要刻意掩人耳目呢？

班里的孩子如果觉得自己画得不好，春冈会给他们新的图画纸。之前，优太也曾找她要过好几次。可昨天他为什么偏要如此勉强地涂掉重来？春冈只能想到一种可能。

优太想要隐瞒，自己一开始画了另一幅画。

他不想让春冈知道，自己画了那幅画。

那么，优太费尽心思要隐藏的那幅画究竟是什么呢？春冈决定追本溯源，仔细思考。

这幅画的主题是"母亲"，优太是围绕这个主题作画的。图画纸的右侧，也确实画了和优太手拉着手的直美……想到这里，春冈产生了一个初步的疑问：

优太先画的到底是人物，还是图形？

春冈想起刚才和美羽的交谈。美羽分明是这么说的：

嗯……一开始，优太用蜡笔画了一个大大的长方形。
      ● ● ●

"一开始"——也就是说，优太先画的是图形。如果是这样，就不太对劲了。

拿到"母亲"这个主题后，优太最开始画的是这个奇妙的图形。他是怎么想的呢？春冈发散自己的想象，得到了一个不可思议的结论：

优太画的，说不定就是他的母亲。

乍看上去，这个冷冰冰的图形和直美毫无关系，可是……

我们成年人可以将眼睛看到的实物画下来，但小孩则是画出大脑中浮现的影像。

优太恐怕是在想着画"母亲"的时候，下意识地画下了这个图形，因为这就是他脑海中浮现的母亲的影像。而这对他来说，是必须隐瞒的禁忌。

有了这个想法后，无数散落的信息碎片顿时在春冈的大脑里整合，像拼图一样，拼出一张可怕的图画。

※※※

"今野直美虐待优太。"

这是春冈不想相信的，她更希望自己的判断出错。

在通往教员室的走廊上，春冈重新组合脑海中的拼图，可无论怎么组合，都会得到同一幅画面。综合现在的情况考虑，只有这一种可能。

警方为什么没有派人来保育园调查呢？

因为直美没有报警。直美出于内疚，不想和警察扯上关系。

优太为什么不打招呼就离开家？

他不就是想避开直美吗？

最能说明问题的，就是优太画的图形……那个形状让春冈联想到了一样东西。

有三角镂空的长方形……是绘图尺。

前天晚上，优太用绘图尺捣乱，被直美严厉地斥责了。昨天下午画画的时候，他画了有关母亲的画。优太肯定想画出直美的笑脸、温柔的声音、令他安心的气息……可与之相反，浮现在他脑海中的，却是一把绘图尺。

看样子，被直美训斥的记忆已经给优太带来了十分严重的创伤。

可是……不过是被训了一顿，就能在心里留下那么严重的伤痕吗？

想到这里，直美昨天的神情在春冈的脑海中一闪而过。

她含着眼泪，为自己的行为懊悔……说是忏悔也不过分。到目前为止，春冈还没见过哪个监护人训了孩子就后悔到这个地步的。如果训孩子一次，自己就要哭一场，那有小孩的父母恐怕要不了几天就会把这辈子的眼泪都哭干。

恐怕那天晚上发生了比训斥更严重的事。

不过，很难想象那样紧张优太的直美会对他拳打脚踢，顶多就是用力拍了拍他吧。即便是这样，第一次承受信赖的妈妈的暴力，还是深深伤害了优太的心。也许在优太的大脑里，这份难过的心情和绘图尺的影像联系在了一起。

但就算这些猜测是真的，春冈也无意责备直美。一边工作一边独力抚养孩子是很困难的，恐怕直美每一天都过得很辛苦。逐日积攒的疲惫、不安和孤独，终于逼着她扬起了手……换了谁都可能发生这样的事。

然而问题在于，直美害怕虐待孩子的事被人知道，从而不敢报警。在这段时间里，优太有遭遇命案或诱拐的可能。春冈恨不得立刻告诉直美：

"不要担心，没有人会责备您。放心去找警察商量吧，然后尽快找到优太。"

春冈走进教员室，拨通了直美的手机。

今野直美

"拜托你别再打过来了！我这辈子都不想和你这样的人说话！"

直美用最大音量怒吼，甚至忘了自己正身处安静的住宅区。接着，她将浑身力气集中在大拇指上，按下了挂断键——即使这样做还不够，她恨不得把手机摔在地上。

从早上开始，直美便在家附近四处寻找优太。她挨家挨户地敲开邻居的门，向他们打探消息。中途接到保育园的电话，是负责教优太的保育士春冈打来的。

春冈的话对直美来说简直是侮辱。

（这该死的保育士！她竟然说我虐待优太？）

直美恨得不行，自己竟被信赖的老师当成了"暴力妈妈"。

（根本就不可能！没有的事！从优太出生到现在，我一次都没对他动过手。）

（我小的时候，父母打小孩的确是常有的事，母亲也动不动就对我施暴。所以当我为人母，就发誓决不会对孩子做同样的事。）

（我不觉得自己是完美的父母，但绝不会做出伤害优太身体的行为。这一点我可以保证，要我对神起誓也没问题。）

直美的脑海里有个声音在不停地呐喊。

不知不觉间，泪水流了满脸。直美甚至觉得自己的整个人生都被完全否定了。

但讽刺的是，多亏春冈的提示，直美才知道自己该去哪里找优太。

（长方形里面套着一个三角……那根本不是什么绘图尺，肯定是……）

直美打开手机的联络簿，不停向下翻页，拨通了一个几年都没有联系的号码。优太一定在那里。

几次呼叫音过后，一个沙哑的男声出现在电话那端。

"感谢您的来电。这里是樱花陵园。"

"您好，我想问一下，是不是有一个小男孩到您那边去了？"

"哦！您是优太的监护人吧？"

"对！没错！"

"太好了！您放心吧，我们的人正看着他呢。"

一早就悬着的心终于放松下来，直美再也站不住，直接蹲在了地上。

"谢谢您……太感谢了……我马上就过去……"

※※※

樱花陵园距离直美他们住的公寓步行大约十分钟，平时散个步就能到。但这几年来，直美一次也没有去过。不仅如此，她还尽量避免从陵园附近经过。因为这是一个有故事的地方。

走进陵园入口处的小事务所，直美对接待处一个上了些年纪的男人说：

"不好意思，我是刚刚打过电话的今野。"

男人看到直美，露出了温和的笑容。

"哦！恭候多时了。"

"给您添了不少麻烦，真对不起……"

"没事没事，您别这么说。优太现在在里面的房间。我带您过去。"

朝房间走去时，男人向直美说明了在这之前的情况。

"大概一小时之前吧，一位来扫墓的太太跟我说：'有个小男孩一直在墓地里转悠，不会是跟监护人走散了吧？'于是我过去看了一眼，小男孩像在找什么东西似的，东张西望地走来走去。我觉得有些蹊跷，就和他搭话了。

"结果他说，他在找他母亲的墓地。唉，虽然不知道他小小年纪经历了什么，但我很是感慨。这么小就一个人来扫墓……这孩子真了不起。"

（果然……）

直美想，优太果然是来找他真正的妈妈的。

长方形里的小三角形……优太要画的是墓地。他大概想在竖长的墓石上写下姓氏"今野"，画到一半又放弃了吧。米泽美羽肯定是把"今"字的上半部分当成了三角形。

这么说来，优太他……

今野优太

记忆中，唯有聒噪的蝉鸣不绝于耳。

晴空万里，阳光炽烈。优太头戴草帽，父亲温柔地对他说了些什么。而那些话的内容，优太一直想不起来。

但优太记得，那时他和父亲面前有一块大石头。那是一块竖长的石头，上面刻着六个符号。

直到很久以后，优太才知道"墓地"这个词。四岁的时候，保育园的老师给大家讲的绘本故事里出现了墓地的图画。

墓地里有一块竖长的石头……看到那幅画，优太明白了。那一天，自己和父亲看到的是墓地。老师告诉大家，去世的人长眠于这块石头下面。

优太想：那块墓地下面，睡着的是谁呢？

就在几天前，他解开了这个疑问。那天，老师在保育园的教室里对大家说：

"小朋友们从四月起就要升上大班啦，到时候，你们就是这所保育园里的大哥哥、大姐姐啦！然后呢，大概大家都知道了，明年你们就要从这里毕业，去上小学了。上小学比现在要有趣很多，你们会交到很多新朋友，但相应地，不得不做的事情也多了许多。

"比方说，大家现在都是用平假名写自己的名字的吧？可是升上小学，就必须用汉字写名字了。所以为了明年做准备，今天我们就来练习用汉字写自己的名字吧！现在我给大家每人发一张纸，纸上用汉字写着大家的名字。小朋友们试着用手指描一描吧。"

优太接到的纸上写着"今野优太"。优太第一次见到自己名字的汉字写法……本该如此的，可是……

"今野"二字的形状，不知为何，让他觉得有些熟悉。

优太的大脑忽然一阵恍惚，久远的记忆复苏了。

聒噪的蝉鸣，炽烈的阳光。

父亲在自己身旁，他指着一座墓碑，上面刻着六个符号。原来那符号就是汉字，开头的两个字便是"今野"。

优太好像听到了父亲的声音。那温柔的声音，令他怀念。

"优太的母亲在这里长眠，她在优太出生前就去世了哦。"

"嗳？妈妈还活着呀。"

"嗯，'妈妈'是活着。不过，优太还有'母亲'。"

"妈妈"和"母亲"……这时，优太模糊地意识到自己有两位妈妈。

"妈妈"总是照料优太的生活起居，她温柔、快乐、偶尔可怕，也是优太在这个世上最喜欢的人。优太也已经知道，妈妈名叫"直美"。

那"母亲"又是谁呢……优太不太了解，他没见过母亲，也不知道她的姓名。但他明白，这个人无论是对自己，还是对父亲来说，一定都很重要吧。

父亲隔着草帽，轻柔地抚摸着儿子的小脑袋说道：

"但是啊，优太，和妈妈在一起的时候，希望你不要提起'母亲'。可以答应爸爸吗？"

"……嗯。"

"谢谢。如果优太想知道更多关于'母亲'的事，随时都可以来问爸爸。爸爸保证，会告诉你很多很多。"

但还未实现这个约定，父亲便去世了。

因此对优太来说，有关"母亲"的记忆仅限于那天见到的墓地，并且就连这份记忆，也不知不觉被他压在心底。他这样做，也许是为了照顾"妈妈"的情绪。

然而，几年过后，优太想起来了。

他还有一位"母亲"，并且那人长眠于坟墓之中。

※※※

那是学习汉字几天后的事。

大家一起画画的时候，老师说：

"马上就到母亲节了，今天我们来画一幅画，送给妈妈当礼物吧！"

优太不是很有兴致。前一天晚上，他刚刚因为在墙上画画狠狠挨了一顿训，和妈妈闹了别扭。

拿起蜡笔的时候，某种情绪涌进优太心里。

那是恶作剧般的小心思。优太忽然不想画妈妈，打算画一画"母亲"，作为挨骂的小小反抗。

优太打算画一座墓碑，因为那是他有关"母亲"唯一的回忆。但是……他画到一半就停了下来。

因为他觉得，这样做对"妈妈"来说很过分。

于是，优太想尽办法修改了画面，总算蒙混过关。

但在那之后，"母亲"便在他的脑海中盘桓不去。

那天晚上，优太缩在被子里想：

"我想见见母亲。"

"我想再去那里一次。"

第二天早上，优太独自外出。

他记不清通往墓地的路，只好凭着之前和父亲同去时模糊的记忆向前走。

他没有迷路，也没向任何人求助，几十分钟就走到了墓地——这件事几乎可以说是奇迹，就像冥冥之中有人指引一样，尽管优太还不懂得这句话的意思。

抵达陵园时，大门还关着。优太决定在附近的公园一直等到门开。他自觉不该这样做，所以躲在供儿童游乐的隧洞里，免得被人发现。

优太在隧洞里度过了人生中最长、最忐忑的几小时。上午十点，他确认陵园开门后，一溜烟儿地冲了进去，捂着怦怦乱跳的胸口，寻找那块墓地。

然而，陵园远比他想象的要大，结构也更为复杂，他怎么也找不到母亲的墓，于是在陵园里转了一圈又一圈，花了很长时间。脚走累了，肚子饿了，口也渴了，但优太不想回家，回家后又会挨妈妈的骂。他渐渐感到绝望。

这时，前面走来一位叔叔。

"小鬼，你怎么啦？和爸爸妈妈走散了吗？"

叔叔拉着优太，走进陵园入口的建筑。优太被带进一间屋子，叔叔问过他的名字，便端了大麦茶和煎饼给他。这是优太今天的第一顿饭，他如饥似渴地大嚼特嚼。

"优太！联系上你的家人了哦。太好啦，他们说马上就来接你！"

叔叔高兴地对他说。可听到这句话，优太的心情却蒙上了重重的阴翳。

妈妈马上就要来了，我绝对会挨骂。好可怕，好想逃。

从小到大，妈妈没动过优太一根手指头。但这次，优太做好了心理准备。他知道，自己的确犯了很严重的错误。

所以……妈妈走进屋来，二话不说便紧紧抱住自己的时候，优太内心的震惊胜过了喜悦。

"小优……太好了……太好了……你还活着，太好了……"

听着妈妈的哽咽，优太也不禁哭了。

今野直美

直美是打算训斥优太的。

"你这样多叫人担心啊！""要是被车撞了怎么办！""要是被危险的人掳走怎么办！"……然而，这些话在见到优太的瞬间，便从她的脑海中烟消云散了。

自己能做的只有紧紧抱住他。

直美意识到，只要优太还活着，她就很幸福了。

"哎呀，太好啦，孩子平安地找到啦。"

男人的话终于令直美回过神来。

"给您添麻烦了，实在过意不去。"

"这些都不是事。啊，对了，有个问题想问您：优太的母亲叫什么名字啊？"

"名字？"

"是的。我刚刚查了一下，这座陵园有三块姓'今野'的墓，但不知到底是哪个，所以没法带优太过去。"

"……优太母亲名叫……由纪……今野由纪。"

※※※

男人将直美和优太带到墓前。

"今野由纪之墓"……一周年忌日的法事后，直美大概有五年没看到这行字了。

没有在碑上刻"今野家之墓"，是因为直美想把由纪独自安置在这个地方，不想再和她扯上关系。直美就是这样害怕由纪，甚至觉得自己总是被由纪诅咒着。

武司去世时，直美将他的墓地选在坐电车一小时才能到的地方，也是害怕武司和由纪的灵魂离得太近。眼下她恨不得立刻拉着优太的手，从这里逃走。

但看到优太眷恋地望着墓碑的模样，直美知道，自己不能这样做。无论自己怎么嫉妒，对优太来说，由纪都是他独一无二的母亲。

直美在优太耳边低语：

"小优，合上双手拜一拜，对，就这样。闭上眼，心里想着你要说的话。"

※※※

两人是下午两点多离开樱花陵园的。

"小优，我们现在去保育园吧。一起跟老师道歉，和老师说：让您担心了，对不起。"

"……嗯。"

直美还得为另一件事向老师道歉。先前她放纵自己的情绪，向春冈倾泻怒火，但想想看，春冈毕竟是担心优太才那样说的。

今后还要受人家关照，不能一直和她赌气。

两人牵着手走出了陵园的大门。

春冈美穗

"给您添麻烦了，实在非常抱歉！"

直美在教员室鞠了好几个躬。

春冈也告诉直美，打了那通电话后，自己一直很难受。

"该抱歉的是我，擅自揣测还说了失礼的话，非常抱歉。"

"您别这么说……一切原本是我的责任……喏，优太也得跟老师道歉才行。"

"……老师，对不起。"

优太乖巧地弯下小小的身体。

"没关系啦，优太。不过呢，今后可不许瞒着妈妈一个人出门了哟。"

春冈本想说得严厉一些，但话到最后，声音里不禁带了颤抖。

※※※

直美和优太似乎都很疲惫，春冈便让他们直接回家了。

她将两人送到大门口。

"那么，优太，明天见哦。拜拜！"

"老师拜拜！"

春冈安心地目送两人手拉手远去。这两个人的关系如此亲密，怎么可能发生虐待呢？

"看来我还差得远呢……"

春冈自言自语地喃喃着。

回保育室的路上，矶崎在走廊中叫住了她。

"春冈老师！听说优太找到了，太好啦。"

"是的！今天一大早就让您担心了。"

"没什么，我真是什么忙都没帮上，抱歉哦！现在呢，他们已经回家了？优太和他奶奶。"

春冈一瞬间卡了壳，不知该如何回答。

这时，美羽从保育室跑出来，好像听到了两人的对话，向矶崎抗议道：

"矶崎老师！不对啦！那不是'奶奶'，是优太的妈妈呀！"

"妈妈？可是……"

春冈试图向纳闷的矶崎解释情况，但又不知该如何说清今野家复杂的家庭情况，一时间有些不知所措。

看到春冈的模样，美羽仿佛洞悉一切似的帮了她一把。也不知她是从哪里学来的，总之，她用一句老练的话，极为简要地说明了一切：

"这个嘛，矶崎老师，家家有本难念的经哦。"

今野直美

那天晚上，直美站在卫生间的镜子前，才意识到自己一整天都没有化妆。早上起来就拼命地寻找优太的下落，以至于连化妆的时间都没有。

虽然没办法，但让太多人看到自己真实样貌的事实还是很让她受刺激。直美自觉自己和同龄人相比显得老迈太多，简直像个老太太。

她根本不像只有 64 岁。

※※※

直美朝卧室望去，优太已经睡熟了，呼吸很沉。他今天一定很累，直美也是一样。直美回到起居室，在沙发上坐下来。

真是漫长的一天。

直美把目光投向灵位，望着在相框中微笑的儿子念叨着：

"小武……今天啊，我去了那个人的坟前。"

由纪……这是直美不想再听到的名字。

她是武司的妻子，也是直美的儿媳。

直美掏出手机，登录某个网址，那是武司生前写的博客。

"把个人信息发在网上很危险。"

武司听了直美的叮嘱，在博客上没有用本名，而是用了网名。

"REN"……问武司为什么要取这个名字的时候，武司有些不好意思地告诉母亲：

"其中暗藏玄机，只要把我的名字……"

叮咚——

门铃响起，将沉浸在回忆中的直美拉回了现实。

看看时钟，已经过了十点。这么晚了，应该不会有客人来才对。

直美脊背发凉。

她轻手轻脚地走到门边，透过猫眼向外看。

门外站着一个穿灰色大衣的男人。

（他终于……到门口来了……）

直美不知道对方是谁，也不知道他为何要以自己和优太为目标。

但若坐视不管，这男人很可能会给优太带来危险。在此之前，自己必须有所行动。

直美赤着脚从门边离开，轻轻关上卧室的门，然后走到厨房拿出菜刀，紧握着藏在身后。

"来了——这就开门——"

她特意发出明快的声音，这次没有介意自己的脚步声，直接走向门口，摘下安全链，将门打开。

　　咱们这间公寓的管理费很少，摄像头只有门口的那一个。

走廊上没有摄像头。

直美慢慢打开房门。

眼前的男人体格并不壮硕，但有一种异样的压迫感。直美双腿有些发软，但不能认输。她强作欢笑，对男人说：

"您请进。"

男人顺从地从玄关走进来。

门被关上了。现在这间屋里无论发生什么，都不会有人看到。

直美将藏在背后的菜刀对准男人。

男人一动不动，在刀尖面前长久沉默地站立。直美感到毛骨悚然。

她不清楚这个男人的目的，也不知道他接下来打算做什么……

然而，要动手的话只能趁现在。

直美刹那间便做出了决定。她双手紧攥着菜刀，朝男人捅了过去。

※※※

　　她本以为这会是一场苦斗。

　　但意外的是，对方没有反抗。被菜刀刺中的腹部鲜血直流，
男人用手捂着伤口，痛苦地倒在地上。

　　风帽卷起，男人的脸暴露无遗。

　　是个上了年纪的男人，满脸皱纹。

　　这张脸，直美好像在哪里见过。

　　可她怎么也想不起来。

第三幅画　美术老师的遗作

三浦义春

自从当了老师，三浦义春几乎就没有多少用在自己身上的时间了。工作日的白天得去教课，课后忙着和学生商量升学就业去向、指导社团活动，往往到了该下班的时间才开始做事务性工作，一干就干到深夜。

休息日他忍着困意带家里人出去玩，支帐篷、烧炭、烤肉。

不光如此。

若是朋友遇到困难，他能陪对方谈好几个小时的心，会帮朋友介绍工作，甚至有时会借钱给人家。

学生、家人、朋友……大家的幸福就是三浦活着的意义。他从未要求回报。

不过，即使是老好人三浦，每年也总有几天属于自己。

爬到家附近的山上，眺望绝美的风景，将那抹景色画下来——这对三浦来说，就是最大的奢侈了。

今天就是这样的一天。

然而……如今出现在他眼前的却是地狱的景象。

那令人绝望的景色，几乎将他迄今为止的人生全部否定了。

三浦从口袋里取出钢笔。

要画下来。

一定要画下来。

为了那家伙。

⁝⁝⁝⁝⁝

※※※

1992 年 9 月 21 日，L 县 K 山山中发现一具男尸。受害者是住在附近的三浦义春，今年 41 岁，生前是高中老师，教授美术课程。

因尸体上有多处刺伤和遭遇暴行的伤痕，警方已将此案定性为杀人案展开调查。据悉，三浦生前计划于当月 20 日、21 日到 K 山露营。

现场留下了一幅画，应该是三浦画的。

证词① 第一位目击者

"我是 K 山的维修人员。21 日早上，我登山查看登山道的设施，没想到看见有人倒在那边……对不起，光是想起来我都犯恶心……总之那人的模样凄惨极了……嗯，我立刻下山报警了……去世的是一位高中老师，对吗？……他还那么年轻，而且有妻子和孩子……太可怜了。"

证词② 三浦义春的学生

"……是的，我是美术社团的部长。去世的三浦老师是美术社团的顾问，我平时尤其受他照顾……您问三浦老师平时的情况？……说实话，我并不喜欢他，甚至可以说讨厌他。……不，不光我不喜欢，学校里恐怕没有哪位学生仰慕三浦老师。因为他这个人，喜怒无常……他可能自诩为'热血教师'，其实经常把大家搞得很郁闷。他在美术社团指导我画画的时候，动不动就大声对我发火……我真是怕得不行……虽然老师离世对我来说很突然……但我……并不感到难过……"

证词③　三浦义春的妻子

　　"关于丈夫的死，我有什么要说的？我还是觉得一切都很不真实。说真的，我们的夫妻关系不算太好，平时会为了育儿的事发生争吵……比如儿子喜欢在家里读书，丈夫却动不动就带他出门，又是露营又是烧烤的，勉强他做许多事情……儿子很讨厌这样。他独断专行，根本不考虑孩子的心情，还觉得自己是个顾家的好父亲，自以为是也要有个限度吧……抱歉，我是怎么搞的，像在发牢骚似的……大概再过一段时间，我才会慢慢感到悲伤吧。虽然他有很多招人讨厌的地方，但对我来说，他毕竟是唯一的丈夫。"

证词④　三浦义春的朋友

　　"在美术大学读书的时候，三浦君和我就是朋友了。毕业之后，我受了他不少照顾。托他的福，我目前在他供职的高中做美术社团外部讲师，以一周一次的频率教课。嗯，当然，这份工作是他给我找的。应该是因为我月薪微薄，所以特别关照我吧。他对我说过：'做份副业，贴补生活吧。'呃，从这个角度来说，我一直是感谢他的。感谢归感谢……嗯。但要问我喜不喜欢他这个人……就很难讲了。他很任性，经常突然打来电话，不考虑我的安排就自作主张地约我'明天一起去烧烤吧'或者'咱们现在出去喝一杯吧'什么的……唉，虽说只要我拒绝，他也不会强求，但毕竟平时受他关照，我也磨不开面子拒绝啊……"

（采访：《L 日报》熊井勇）

——1995 年 8 月 28 日 L 县地方报社《L 日报》总社

面对厚厚一沓文件，19 岁的青年岩田俊介咽了口唾沫。

文件夹的封面上写着"**K 山美术老师遇害案（1992）采访档案汇总**"，里面装满了三年前发生的那起离奇杀人案的资料。

上司熊井在一旁问道：

"岩田，你准备好了吗？"

"……嗯。"

"那我就打开了哦。"

熊井翻开了文件夹。

岩田俊介

岩田俊介是今年刚进入《L日报》的新人。三年前，某个契机使他下定决心成为新闻记者，高中毕业便叩响了《L日报》的大门。

面试时，他满怀热忱地表达了自己的想法："我想亲眼洞穿真相，将它告诉更多的人。"如此赢得面试官的好评，很快就收到了录用通知。

"这样就能当记者了！"进入报社后，岩田的喜悦很快便被击碎了。

因为他被分到总务部，一个和记者毫无关系的部门。

后来岩田才知道——

《L日报》共有三百多名员工，而记者的数量不到一半，全是员工中的精英，隶属于公司的当红部门编辑部。所有记者都有大学学历。

岩田被录用，并非公司看中了他对记者这份工作的热诚。不过是高中毕业生比大学毕业生的薪水低，且那一年来应聘的高中毕业生较少罢了。

当然，岩田也很清楚，总务部是员工的后台支撑，他们的工作也起到重要作用。但他还是心有不甘。

"我是想做采访才进报社的……"这是他的真实想法。

熊井勇

负责带岩田的，是在报社干了 23 年的老手熊井勇。他曾供职于编辑部，身为记者，写过无数篇报道。

那时熊井的绰号是"事件屋熊井"，刑事案件的爆料能力无人能出其右。不过，他并非比别人更有天分，只是不顾一切地努力争取罢了……熊井一向以此为荣。

无论清早还是半夜，只要听说有案件发生，他便立刻直奔现场。无论冒着雨还是顶着酷暑，他永远在外面跑新闻，四处采访和案件相关的人。他和刑警关系颇深，有时为了拿到还未公开的情报，甚至不惜下跪。

多年以来，熊井一直全力以赴，并为自己感到自豪。

但三年前，事态发生了变化。

熊井在追踪某个案件的过程中查出罹患食道癌，请了有生以来第一个长假。他很不甘心，案件跟到一半撂挑子不干，对他来说还是第一次。这起案件便是"K 山美术老师遇害案"——

那起县内高中老师三浦义春在山中被杀的案子。

治好了病，就马上重新开始调查——熊井脑子里只有这一个想法，满腔热血地投入治疗。拜这股狠劲儿所赐，他仅用两个月就重新回到职场。

返回报社的第一天，社长却将他叫去，告诉他一个意想不到的消息。

"熊井，一直以来辛苦你了。你也知道，记者这一行，是用命换钱。带病工作，你肯定吃不消的。从今天开始，你转到总务部。以后好好爱惜自己的身体，工作的时候悠着点吧。"

这是将他踢出一线的宣告……相当于告诉因病无法透支身体的熊井：作为记者，你已经没有价值了。

熊井不愿放手。他请示了好几次，希望至少能把"K 山案件"跟到最后，但结果并未改变。

※※※

在那之后，三年的时光一晃而过。

1995 年春天，总务部来了一名新员工，是位高中毕业的年轻人，名叫岩田俊介。听说他原本想做记者，却没能如愿，被分到了总务部。这类事常有发生。想在公司待下去，就要服从公司的无理要求……虽然明白这个道理，熊井还是觉得岩田非常可怜。

"我想当记者，但当不了。"岩田的情况，和熊井本人现状重叠在一起。

话虽如此，但工作就是工作，不能把孩子宠坏了。熊井狠下心来，严厉地将总务部的工作方法传授给岩田。岩田也以认真学习领会作为回应，进入报社不到半年，已经成长为支撑总务部的重要战斗力之一。

就在这时，一天下班后，岩田一脸凝重地对熊井说：

"熊井先生，我想和您谈谈。"

"怎么了？"

"……我想辞职。"

熊井并不吃惊。他早有预感，这一天迟早会来。

"辞职之后，打算干什么？"

"我想做自由记者。"

"你进公司，本来是想当记者的吧。"

"是的……现在的工作很开心，我也真心感谢您……但是，我无论如何都想当记者，我想调查一个案件。"

"什么案件？"

"三年前 K 山发生的那起**美术老师遇害案**。"

"你说什么？"

熊井感到困惑。为何岩田要调查那起承载着自己痛苦回忆的案件？

"岩田……K 山的案子和你有什么关系吗？"

"是的……其实，受害者三浦义春老师是我高一时的恩师。"

"恩师……？"

和岩田一起工作了近半年，自己却对他一无所知。岩田多半也避免向人提及此事。"恩师遇害"这种话题，大概确实没人想主动提及吧。

"是吗……他是位好老师吗？"

"……"

岩田俊介

"他是位好老师吗？"

岩田不知该如何回答熊井的问题，因为三浦义春并没有完美到能让人直截了当地回答"是"。

"……说实话……学生们和三浦老师并不亲近。他很讲究
规矩和礼仪，经常揪出违反校规的学生，或是怒斥不用敬语的
学生……我也常听说他作为美术社团的顾问，总是过分干涉学
生们的活动。

　　"但他不是什么坏人，只是对教育过分热心，很容易激动
罢了……在我看来，他的本性是很温柔的。

　　"学生如果有烦心事，他能陪对方谈好几个小时的心，要
是有欺凌现象发生，他会率先站出来解决问题……我因为家庭
情况比较特别，经常受老师的关照。"

　　岩田的父母都已不在人世。他十一岁那年失去母亲，十五
岁那年失去父亲，两人都是生病去世的。父亲去世后，岩田被
祖父收养，祖父靠退休金生活，没法让孙子过宽裕日子，岩田
每天都得打工。那时候，对岩田帮助最多的就是当时的班主任
三浦义春。

　　"岩田，你吃过这个吗？这是站前的超市里卖的'花柳便
当'。老师我很爱吃这个，每天都买。买多了也吃不完，你拿
回去和爷爷一起吃吧。"

就这样，三浦每天都让岩田带两份"花柳便当"回去。托老师的福，岩田的生活虽然捉襟见肘，却没饿过肚子。

还有一次，岩田想到今后的发展和人际关系，心中感到不安，放学后找三浦倾诉烦恼。三浦当时一定也有很多事要忙，却和岩田面对面聊了两个多小时。最后，三浦温柔地对他说：

"岩田，老师我啊，经常到 K 山上画画。在八合目[1]看到的山景漂亮极了。下次我带你一起去看看吧。看到那片风景，你的烦恼肯定会一扫而光！"

三浦确实是位严厉的教师，有时不近人情，有时自作主张。与此同时，他却深深地爱着学生们。若有人愿意真心诚意地和他交流，他就会正面做出回应。岩田期待着和三浦一起登山，这个愿望却未能实现。

高一的暑假结束后不久，三浦就去世了。

新闻节目连续数日报道了这起案件，岩田每天着魔似的盯

1　在日本，多用"合目"形容登山进度。按照登山困难程度，登山口到山顶的路途分为十截，登山口为"一合目"；山顶为"十合目"。八合目应为接近山顶的山腰。

着案件的进展，可是，凶手迟迟未能归捕，报道数量渐渐减少，不知从什么时候开始，再也没人提起这件事了。

岩田难以接受这个事实。案件的真相还未查明，三浦义春这个人却已渐渐被世间淡忘。那天究竟发生了什么，三浦为何会死于非命——岩田无论如何都想弄清这些。

16 岁那年，岩田决定成为一名记者。

既然媒体不再报道，他决心用自己的力量查明真相。

※※※

"这样啊……看来你进 L 日报社，是为了替老师报仇雪恨啊。这样的话，确实没工夫在总务部干活……"

"总务部的工作，我也很喜欢。但我无论如何……都想成为记者，调查三浦老师的案子。"

"好吧，你的心情我理解。不过啊，一个没有经验也没有人脉的新人，直接去做自由记者，能做的事也很有限啊，而且自然不会有人给你发工资，你打算怎么活下去呢？"

"……"

"还有一个最重要的问题……在我看来，你不适合做记者。"

"嗳？！为什么呢？"

"因为你还太嫩啦。"

这句话惹怒了岩田。

"熊井先生！请别愚弄我！我是真心想当记者的！"

"那你为什么不采访我呢？"

"嗳……？"

"抛开最近三年，我一直在这家公司做记者。这个你是知道的吧？"

"我知道。"

"有件事我没和你说过，三年前，我跟进过 K 山的案子。"

"嗳？！真的吗？"

"嗯，所以，我了解很多有关那起案子的信息。这么合适的采访对象就在你身边，你却一直视而不见啊。知道我以前是记者的时候，你怎么不问我案子的事？"

"因为……"

"因为我是你的领导？因为我是领导，所以你有所顾虑？这就是我说你太嫩了的原因啊。不管对方是你的领导还是什么，看见可能知道消息的人就要毫不畏惧地扑上去。这才是记者应有的样子。现在的你就算当了自由记者也抓不到任何新闻，也只能活活饿死。"

岩田无话可说。

"岩田，我不说难听的话。你好不容易才进入这家公司，既然工作不让你觉得痛苦，就不要辞职。想知道案子的事，我可以告诉你。你等一下。"

熊井从自己的办公桌抽屉里取出一本厚厚的文件夹。

夹子的封面上写着**"K 山美术老师遇害案（1992）采访档案汇总"**。

"我对这起案件也有执念。不干记者之后，我也一直放不下它。不过，幸亏我把这些资料留下来了。"

"……我可以看吗？"

"嗯，但是，不许告诉任何人哦。"

"好的。"

"还有……你要做好心理准备。资料里详细记载着三浦义春先生是如何遇害的。你大概并不想知道这些吧。"

三浦死状凄惨这一点，当年的电视新闻经常提及。但岩田不知道他遇害的细节。如果可以选择的话，岩田确实不想知道恩师临死前的惨状，但决定查清真相的人是他自己。

他咽了一口唾沫。

"岩田，你准备好了吗？"

"……嗯。"

"那我就打开了。"

※※※

熊井指着资料，开始讲述案件的基本情况。

星期日	星期一
20	21
休息日	建校日

　　"三浦先生计划于1992年9月20日至21日到K山露营。20日是星期日。另外，作为毕业生你应该知道，21日是你们高中的建校日，这时候请假可以凑出一个连休。只不过，唯独星期日上午，三浦先生要工作一阵。

　　"他是美术社团的顾问，星期日上午要去辅导社团活动。完成这项工作后，三浦先生好像直接就去露营地了。

　　"星期日早上，三浦先生7点40分左右从家出发，驱车前往学校。车里放了登山用的背包。三浦先生的太太说，背包里有简易帐篷、睡袋、手电筒、水桶等露营用品，和画画用的写生本、铅笔。

　　"他到学校的时候是7点50分，没去教员室，而是直接去

```
20 日（星期日）
7：40 从家出发
7：50 抵达学校
8：00 开始辅导
```

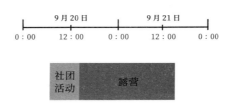

了美术教室，给当时读三年级的女生**龟户**进行一对一辅导。"

"一对一？不是整个美术社团的练习吗？"

"听说由于三浦老师的辅导太过严格，参加美术社团的人非常少。"

"啊……这么说来，我好像听说过。原本有 10 个新加入社团的学生，一个月之内全都退出了什么的。"

"嗯，当时的一年级学生里没人参加美术社团，二年级有一人，三年级学生只有龟户。"

"只有两位成员的美术社团啊……"

"而且那天那位二年级的学生因为要参加亲戚的葬礼没来，所以教室里只有龟户一人。"

"都这样了，社团活动也没有暂停吗？"

"是啊。因为三浦先生非常严格嘛。说是'就算只有一个学生也要办社团'。我之前采访过龟户，她很讨厌三浦先生，想必是没少挨他的训。当时的采访资料也在文件夹里，之后你可以看看。"

　　您问三浦老师平时的情况？……说实话，我并不喜欢他，甚至可以说讨厌他。……因为他这个人，喜怒无常……他可能自诩为"热血教师"，其实经常把大家搞得很郁闷。他在美术社团指导我画画的时候，动不动就大声对我发火……我真是怕得不行……

"对了，三浦先生在辅导的时候，**随口将下午要去 K 山露营的事告诉了龟户**。"

※※※※

"社团活动是 13 点结束的，随后三浦先生立刻开车前往最近的车站。

"最近的车站在学校和 K 山之间，也可以从学校直接去 K 山，但三浦先生要去车站办事：一是去站前的超市**买吃的**，二是**去接住在车站附近的一个叫丰川的男人**。"

"丰川……那是谁？"

"是三浦先生读美术大学时认识的朋友。呃，说是朋友，其实丰川似乎讨厌三浦先生。"

在美术大学读书的时候，三浦君和我就是朋友了。毕业之后，我受了他不少照顾。托他的福，我目前在他供职的高中做美术社团外部讲师，以一周一次的频率教课。嗯，当然，这份工作是他给我找的。应该是因为我月薪微薄，所以特别关照我吧。他对我说过："做份副业，贴补生活吧。"呃，从这个角度来说，我一直是感谢他的。感谢归感谢……嗯。但要问我喜不喜欢他这个人……就很难讲了。他很任性的，经常突然打来电话，不考虑我的安排就自作主张地约我"明天一起去烧烤吧"或者"咱们现在出去喝一杯吧"什么的……

　　"据说前一天……也就是星期六的晚上，三浦先生打电话约了丰川：'星期日和星期一，我们一起去 K 山露营吧。'丰川平时都听他的，但好像唯独那次拒绝了。想想也是，丰川的本职工作是公司员工，对他来说星期一是工作日，一大早就要上班，不可能去外面露营过夜。然而，似乎丰川说明了自己的情况，三浦先生却仍不罢休。"

　　"嗳？"

　　"他提出了一个建议：我们一起登到一半，你自己当天下山不就好了？"

"要人家陪他走一半的路啊……怎么说呢……是有点儿勉强啊。"

"最终，丰川接受了三浦先生的提议，和他一起登山，当天就回家了。两人在车站前面碰头，去了附近的超市一趟，买了在山上吃的饭。当时三浦先生买了豆沙包、猪排三明治，还有花柳便当。

> **20日（星期日）**
> 7：40 从家出发
> 7：50 抵达学校
> 8：00 开始辅导
> 13：00 从学校出发
> 13：10 在车站前和丰川会合
> 　　　 去超市购物
> 13：30 抵达 K 山　开始登山

"两人买完东西，驱车前往 K 山，13 点 30 分左右抵达。他们将车停在山脚的停车场，沿登山道开始爬山。对了，岩田，你爬过 K 山吗？"

"爬过。以前和父亲一起，爬到过四合目。那座山即使是小孩也很容易爬。"

"是啊。我为了做采访也爬过好几次，K 山坡度平缓，爬起来很轻松。登山道两旁绑了绳索，游客至少不会迷路，登顶前的路也修得很整齐。所以这座山很受当地人欢迎，山上总是有不少人。另外，这座山还有一个受欢迎的理由——

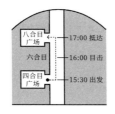 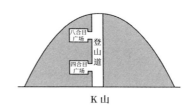

K 山

"在四合目和八合目有供人休息的广场。四合目的广场上设了好几张桌子，很适合吃饭。八合目的广场则适合露营。

"14 点 30 分左右，三浦先生和丰川抵达四合目的广场，在那里用了午餐。三浦先生吃的是在超市买的**花柳便当**——这个信息很重要，你要记住。吃完饭，两人在广场画了画，15 点 30 分左右分开。丰川从四合目下山，三浦先生则瞄准八合目的广场，继续向上爬。

"后来，有几位下山的游客目击过沿登山道上山的三浦先生，最后一次目击在 **16 点左右，地点是六合目附近**。顺带一提，六合目到八合目的山道险峻，爬上去至少也要一个小时。也就是说，三浦先生应该是 **17 点以后**抵达八合目的。

```
13：00 从学校出发
13：10 和丰川会合
　　　 购物
13：30 抵达 K 山
　　　 开始登山
14：30 抵达四合目
　　　 吃饭、写生
15：30 和丰川分开
　　　 继续登山
16：00 在六合目附近
　　　 最后一次被目击

21 日（星期一）
9：00 尸体被发现
```

　　"然后就是第二天早上 9 点左右，一名男性在八合目的广场上发现了三浦先生的尸体。"

　　"那个人怎么会一大早就去爬山？"

"他是 K 山的**维修工**。听说八合目有坏损的设施，他是去查看情况的。刚才我也说了，K 山的登山道两旁拉着绳索。支撑绳索的木桩子，好像在前一天——也就是星期日的中午左右——被某大学登山社团的大学生在打闹时踢断了。"

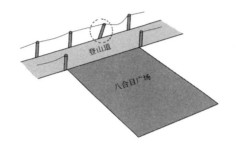

"真粗暴啊。"

"那几个大学生下山后不久也觉得'桩子断了有点不妙'，于是给 K 山的管理团队致电道歉了。接电话的就是这个人。因为电话打来的时候已经过了晚上 10 点，他打算第二天一早去查看情况，就这样倒霉地成了第一个发现尸体的人。真是一个悲伤的故事。"

21 日早上，我登山查看登山道的设施，没想到看见有人倒在那边……对不起，光是想起来我都犯恶心……总之那人的模样凄惨极了……嗯，我立刻下山报警了……

"男人下山报了警。警方中午到达现场开始调查，在留在现场的双肩包里发现了三浦先生的身份证，又发现三浦先生的车还停在山脚的停车场，于是推测遇难者是三浦先生。"

"推测？"

"当时还无法确定，因为尸体的损伤太严重了。据说从外观看连性别都无法辨认，脸就更别提了。用一个生动的方式来形容的话，就是**只能勉强看出人形**吧。"

"呃……看来凶手下手够狠的啊。"

"听说尸体身上的刀具刺伤和被石块殴打导致的伤痕合计有**两百多处**。"

"两百多处……"

"一般来说，大致有两种动机可能导致凶手对受害者施以如此残忍的暴行：一种是让人认不出死者的身份，另一种是报仇雪恨。你认为这起案件属于哪种情况？"

"……如果是不想让人认出死者身份的话，将死者的身份证留在现场就说不通了。所以我觉得……凶手应该是为了报仇雪恨。"

"没错。凶手多半打从心里怨恨三浦先生。"

岩田脊背发凉。凶手和三浦之间究竟发生过什么，以至于凶手恨不得在他身上留下两百多处伤口？

※※※

"说起来，三浦老师是什么时候遇害的？"
"有关遇害时间，警方掌握的信息相当详细。虽然尸体损伤严重导致司法解剖非常困难，但幸运的是，法医在死者的**胃里检测出了尚未消化的食物**。据说和花柳便当的食材一致。

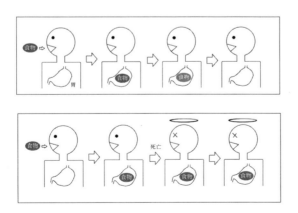

"食物在人的胃中通常要经过三个小时才能被消化。完全消化后，胃里就空了。但是，若人体在消化过程中死亡，胃停止活动，食物就会一直留在里面。所以观察食物的消化情况，就能知道被害者是在用餐多久后死亡的。警方推测，三浦先生的死亡时间**大约在用餐两小时三十分后**。三浦先生是 14 点 30

20 日（星期日）

7：40 从家出发

7：50 抵达学校

8：00 在美术社团开始辅导

13：00 结束辅导 从学校出发

13：10 在车站前和丰川会合
        到超市购物

13：30 抵达 K 山 开始登山

14：30 抵达四合目
        吃饭后写生

15：30 和丰川分开 继续登山

16：00 在六合目附近最后一次被目击

17：00~ 抵达八合目广场
        抵达后不久遇害

21 日（星期一）

9:00 尸体被发现

分左右吃的花柳便当，两个半小时后死亡的话……也就是说，他是 **17 点左右**遇害的。"

"原来如此……咦？等一下。刚刚不是说，三浦老师是在 17 点之后抵达八合目的吗？"

"嗯。也就是说，三浦先生抵达八合目后立刻就遇害了。"

※※※

"岩田，听了这些，你想象凶手是什么模样？"

"这个嘛……首先，从尸体的情况判断，凶手对三浦老师有相当深的恨意。所以，**凶手应该是老师熟悉的人**。"

"没错。和初次见面的人发生争执，一激动就把对方杀了……这种情况偶尔也有，但难以想象凶手会在被害者身上留下两百多处伤口。三浦先生认识凶手，而且和他关系很深。"

"另外，凶手事先知道三浦老师会在星期日爬山。既然如此……刚才您提到的人物中，可疑的就是……**三浦老师的太太、美术社团的龟户，还有丰川**。"

"正是如此。当然可能还有其他符合条件的人物，但警方考虑到凶手与三浦先生关系的深浅，将焦点放在这三人身上，接着查证他们的不在场证明，最后，嫌疑人只剩下一位。"

"嗳？！"

"我逐个说明。先把曾和三浦先生同行的丰川放到一边，来看其他人的不在场证明——从三浦太太和龟户居住的街区到K山的八合目，即使借助交通工具前往，单程也要三小时左右。"

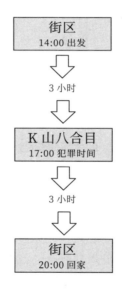

"作案时间是17点……考虑到往返路程，只要在14点到20点有不在场证明，就能证明她们的清白，对吧？"

"嗯，但还有一个关键信息：三浦先生的随身物品有部分

160

遗失——**睡袋、豆沙包和猪排三明治**。豆沙包和猪排三明治是三浦先生在站前的超市和花柳便当一起买的。他多半是想用它们当晚饭和早饭，却在吃掉它们之前就不幸遇害。司法解剖表明，他体内没有这两样食物。这说明凶手很可能带走了它们。"

"偷走了食物和睡袋……难道凶手在山里过了一晚，第二天早上才下山吗？"

"一般人都会这样想吧。但这其实很奇怪，三浦先生的随身物品中还有其他野外露营的必需品，诸如手电筒、饮用水、帐篷等，但这些都没被偷走，说明**凶手手头也有这些东西**。一个准备如此周详的人，可能忘带野营不可或缺的食物和睡袋吗？"

"确实奇怪……那凶手为什么要……"

"恐怕是想欺骗警察。你现在就中了凶手布下的圈套，认为'凶手在山里过了一晚，第二天早上才下山'……恐怕凶手是为了误导大家，故意偷走食物和睡袋的。而他当天就下山，制造了第二天早上之前的不在场证明。"

"原来如此。让警察误以为凶手在山里过夜，而自己有在第二天早上之前的不在场证明，这样就会被排除在嫌疑人的范围之外……凶手是这样想的吧？"

"对。然而，这点小把戏是难不倒警察的。警方反推了凶

手的想法，决定用以下办法查案：将当天 14 点到 20 点设为'A
时段'，20 点到第二天早上设为'B 时段'，若嫌疑人在 A 时
段有不在场证明即为清白。若嫌疑人只有 B 时段的不在场证明，
则有伪造不在场证明的可能，更有作案嫌疑。这样就证实了三
浦先生的妻子和龟户的清白。

"案发当天 18 时许，三浦先生的妻子带着 11 岁的儿子去
家附近的菜店买菜。第二天早上 6 点过后，也有邻居看到她在
家门口打扫卫生。而龟户在案发当天 16 时许，从自己家给朋

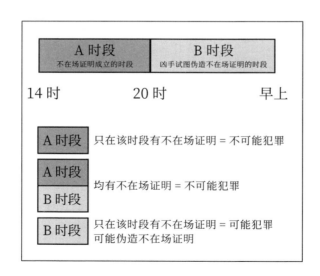

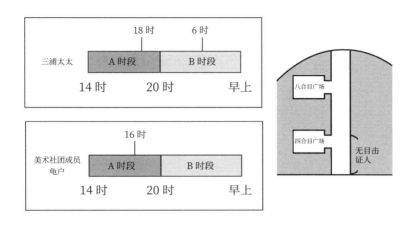

友家打过电话，有朋友的证词和通话记录做证。"

"那么凶手就是……丰川。"

"嗯。警方集中火力调查丰川，好像查到了疑点。案发当天，两人在四合目分别后，**没有任何人目击到丰川下山**。"

"嗳？！"

"也就是说，丰川很有可能没下山。"

"这么说，他尾随三浦老师上山了？"

"不，也没有人目击到他上山。如此说来，丰川仿佛凭空从四合目消失了。警方认为，丰川和三浦先生分开后，**或许没有走登山道，而是从另一条路上到八合目的**。"

"还有其他路吗？"

"其他的都是些险峻的野路，但成年人爬上去大概不会太费劲儿。若是赶一赶，抵达八合目的时间大概能和走登山道差不多。总结一下就是这样：和三浦先生分开后，丰川离开登山道，沿野路上山，抵达八合目。杀害三浦先生后偷走睡袋和食物，当天就下山了。另外，第二天早上7点左右，丰川和邻居打过招呼。"

"有B时段的不在场证明……这就是说，他的嫌疑更大了？"

听了这些，恐怕所有人都会认为丰川就是凶手。然而……

"熊井先生……事到如今，这起案件还没有逮捕任何人，对吧？为什么警方没把丰川抓起来？"

"因为无法逮捕。刚才我说的这些都是推测，听说逮捕令只差一点儿条件，没有申请下来。"

"即使他这么可疑？"

"光是可疑不行。只要有一个确凿的证据，事情就好办许多，但遗憾的是，事到如今好像都没找到证据。而且还有一个问题，丰川的犯罪动机不强。他之前确实不喜欢三浦先生，但要构成虐杀的理由……很难。"

"除了这三个人，就没有别的嫌疑人了吗？"

"谁知道呢……案子跟到一半我就住院了，不清楚具体情况。但一直没人被捕，也就意味着……多半没有太可疑的人。"

※※※

熊井翻着资料，嘟囔道：

"唉，如果事情到此就结束了，那它不过是无数离奇杀人案之一。但是啊，这起案子还有一个不寻常的地方。"

熊井摊开印着照片的文件。

"这是……？"

"死者留在犯罪现场的双肩包里装着素描本，里面有好几幅画。拍下来的这两张，应该是案发当天在四合目的广场画的。"

　　"所以说……不寻常的地方在哪里呢？"

　　"不寻常的不是这些，而是死者后来在八合目的广场画的遗作。"

　　"遗作？"

　　熊井将资料翻到下一页。看到印在那纸上的照片，岩田简直怀疑自己的眼睛。

画面又乱又脏，根本想象不到这是擅长画画的三浦画的。

"这幅画……真是三浦老师画的吗？"

"嗯，毫无疑问是他留下的。画的好像是从八合目广场看到的群山。你应该也知道，K山位于山地和城市的分界线上。沿着登山道向上爬，在八合目刚好能将群山尽收眼底。三浦先生喜欢在这里看风景，生前好像来这里画过好几次素描。"

岩田，老师我啊，经常到K山上画画。在八合目看到的山景漂亮极了。

"三浦先生曾经和我说过。但是……这幅画……"

"很奇怪吧？和其他几张画的风格完全不同。而且，这一幅是**画在购物小票背后**的。"

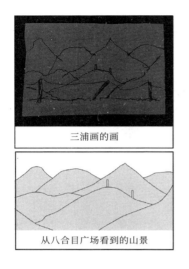

三浦画的画

从八合目广场看到的山景

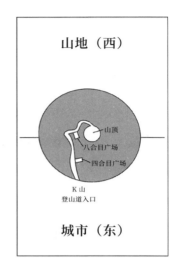

山地（西）

山顶
八合目广场
四合目广场

K 山
登山道入口

城市（东）

※ ※ ※

　　"三浦先生的裤兜里装着钱包，警方在钱包里发现了购物小票，是星期日白天在站前的超市买食物时的那张。这幅画画在小票背面。鉴定结果表明，小票上的指纹等信息足以证明这幅画出自三浦先生之手。是用他平时放在口袋里的圆珠笔画的。虽然笔迹潦草，但似乎并非糊弄了事。我爬到八合目看过实际的风景，这幅画从构图来说基本是原貌的再现。想必三浦希望将它画得相当准确，甚至为此借助了**辅助线**。"

　　"辅助线……是什么？"

　　"你仔细看那张照片，小票上是不是有折痕？"

　　"的确有，折得还很细呢。"

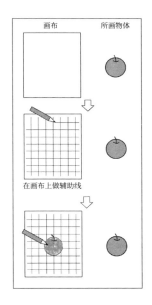

画布　　　　　所画物体

在画布上做辅助线

　　"我不熟悉艺术，了解得并不多，但画手写生的时候，通常会先在纸上做出基准线。这就是所谓的辅助线。似乎有了辅助线，就能画出均衡、准确的图。"

"三浦老师用折叠的办法，在购物小票上做了辅助线？"

"警方是这样认为的。仔细看图你会发现，他确实是比着辅助线画的。"

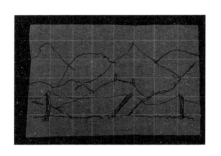

"但是，他为什么要画在小票背面呢？"

"直接画在素描本上确实是最省事的。但三浦先生没有这样做。你觉得是为什么呢？"

这个问题引着岩田想到了一种恐怖的可能。

"难道三浦老师当时没法把素描本拿出来？"

"没错。我是这样想的：三浦先生抵达八合目后，就被某个人袭击了。凶手对三浦先生掏出刀子。双方一时间处于僵持状态。这期间，三浦先生从口袋里取出购物小票和圆珠笔，用吓得发颤的手画下了凶手背后的风景——也就是这幅山景画。

画完它，三浦先生就遇害了。"

大概只有这样想，才能说通这一切。但还是很不自然——为什么三浦被刀子指着，却不想着逃跑，反而要写生呢？

岩田想到了一种可能。

"熊井先生，这幅画真是在三浦老师遇害的前一刻画的吗？"

"你的意思是？"

"老师生前去过好几次K山的八合目，对吧？有没有可能……那是他之前来的时候画完放在钱包里的？"

"应该不会。我刚才不是也说了嘛，用来画画的小票是站前的超市**当天白天**印发的。"

"啊……对。"

"还有，你仔细看这幅画。近处不是有三根木桩吗？那是用来系登山绳索的木桩。你能看出中间那根桩子歪倒了吧？"

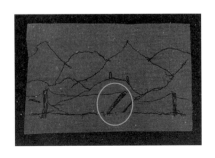

"嗯……啊！难道说……"

"你还记得吗，案发当天的中午，登山社团的大学生在八合目把桩子踢断了。这就是那根折断的木桩，在三浦先生遇害几小时前的样子。"

"能画下这根木桩……就说明这一定是在他临死前画的吧。"

"对。就在三浦先生抵达八合目广场到被杀之前的短暂时间里。"

三浦在被凶手袭击时画下了这张山景图。他究竟意图何在？

"莫非这幅画中，暗藏了揭示真凶的线索？"

"谁知道呢。他要是画一张凶手的肖像画就好了。不过这么干的话，凶手肯定会把画处理掉。"

"的确……"

也就是说，三浦为了不让凶手起疑，留下了一个无法被轻易破解的暗号……但这样的话，新的问题又冒出来了：**凶手为什么会把画留在现场？**就算画上没有自己的名字或肖像，但毕竟是受害者临死前留下的，而且内容蹊跷。合理的做法难道不是将它处理掉，以防万一吗？

岩田还在沉思，熊井对他说：

"好了,案件的基本情况大概就是这样。时间不早了,回家吧！"

※※※

　　回到员工宿舍后，岩田躺在布置简陋的八叠大的房间里。三浦的画在他脑海中挥之不去，尤其引起他关注的是辅助线的事情。

　　素描本上的画没有辅助线。这说明三浦**平时画画没有做辅助线的习惯**。既然如此，为什么唯独要在那幅山景画上细致地做出辅助线呢？是不是有什么原因，使他必须将位置画得如此准确？

另外，他觉得纸上的折痕也很可疑。既然需要辅助线，大可以直接用笔画出来。为什么偏要用折纸这种复杂的办法呢？

真是越想越糊涂了。

岩田轻叹了一口气，翻了个身。这时，挂在墙上的日历忽然映入眼帘。马上就到九月了。三浦去世就快三年了。

岩田，老师我啊，经常到 K 山上画画。在八合目看到的山景漂亮极了。下次我带你一起去看看吧。看到那片风景，你的烦恼肯定会一扫而光！

（下个月去登 K 山吧？）

岩田想看看三浦生前酷爱的风景。

案发当天三浦的日程

20 日（星期日）

7：40	从家出发
7：50	抵达学校
8：00	在美术社团开始辅导
13：00	结束辅导 从学校出发
13：10	在车站前和丰川会合 到超市购物
13：30	抵达 K 山 开始登山
14：30	抵达四合目广场 吃饭后写生
15：30	和丰川分开 继续登山
17：00 左右	抵达八合目广场 在购物小票背面画下山景素描 不久后遇害

21 日（星期一）

9：00	尸体被发现

> ·身上有两百多处伤痕→深仇大恨？
> ·睡袋和食物被盗→伪装不在场证明？
> ·在购物小票背面素描山景→为什么？

三位嫌疑人

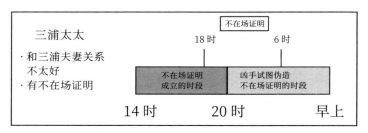

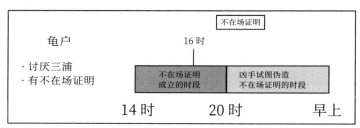

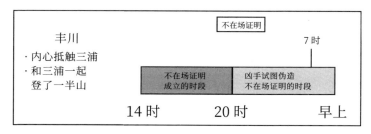

第二天午休时，岩田在办公桌前翻开手账，里面总结了熊井告诉他的内容和案件的大概情况。无论怎么想，最可疑的人都是丰川。奈何没有确凿的证据，而且熊井也说，他的作案动机不强。

作案动机……岩田昨晚做了一番思考。丰川是不是有什么藏在心底的怨恨？三浦和丰川从大学时期就认识了，做了二十多年的朋友。有没有可能……在这段时间里，丰川心中对三浦产生了某种情感并逐渐发酵了呢？

岩田想采访丰川，听他谈谈想法。

就在这时，熊井从身后拍了拍他的肩膀。

"热情很高嘛。"

"我试着将您昨天讲的内容总结了一下。"

"是吗……对了，你之前说要辞职，后来怎么着了？"

"啊……我想再坚持一段时间。"

"嗯……那就好。现在这世道，没必要特意放弃薪水。自由记者随时都能当，不必急于一时。"

"说到这里……我可以在周末以记者的身份参与社会活动吗？"

"嗳？"

"不会给公司添麻烦的。我只想以个人的身份追查三浦老师的案子。"

"追查……具体是要怎么查呢？"

"我想采访丰川，想直接问问他究竟是怎么看待三浦老师的，了解他的作案动机。"

熊井思索片刻，严肃地说：

"瞒着公司的话，不会有什么问题。但我不同意你这样做。"

"为什么？"

"你听着，丰川虽然没有被捕，但这个男人说不定就是凶手。要是你对他说：'我在调查这起案件，你是否对受害者怀恨在心？'他很可能会担心你挖出整个案件，说不定会加害于你。"

"……"

"所谓记者，是份危险的职业。所以每个人都要掌握保护自己的方法。这不是轻易就能学会的本事，需要一定的经验。岩田，现在的你没有做记者的经验，在社会上混得也不够，最好别去以身犯险。"

"这些我明白……可是……"

"不过……如果你非要听丰川说几句，跟他拉拉家常不也可以吗？"

"拉家常？"

"丰川之前在三浦先生的安排下，每个星期六都去美术社团教课。有可能他现在还是那里的外部讲师。你不是那所学校毕业的吗？毕业生回母校探望是再正常不过的事了。你不用亮出记者身份，当自己是个普通人，和丰川正常聊天就行了。见面理由随便编一个就好，在闲聊过程中悄悄收集情报。"

"原来如此……"

"谈话是采访的基础。先从谈话开始练起吧。"

"……好的。谢谢您！"

※※※

第二周的星期六，岩田坐了三十分钟电车，在离母校最近的那站下车。高中时，他每天从祖父家乘公交车上学，几乎没怎么坐过电车，但街道的氛围还是令他怀念。岩田朝学校走去。

步行十五分钟左右，便能看到熟悉的木制校舍。校园里传出运动社团练习的声音。毕业后有半年没来过学校了，岩田在办公室领了来访人员的名牌和拖鞋，前往教员室。

站在走廊上便能看到教室、厕所、楼梯……一切都没有变。但岩田隐约有些不适，这个半年前自己还极其自然地出入的地方，如今仿佛是另一个世界。"你已经不属于这里了"——冷冰冰的教室仿佛在拒绝长大成人的自己。

但走入教员室，岩田受到了隆重的欢迎。好几位曾关照过他的老师都跑了过来。

"岩田！好久不见啊！最近好吗？"

"听说你进报社了？也就是说，当了记者？"

"嗳？那会去参加新闻发布会吗？"

岩田用笑容回应了老师们一连串的提问，然后朝教员室深处一位埋头工作的女老师走去。那是美术老师丸冈，是三浦去世后来的，听说她也接下了美术社团顾问的工作。

丸冈烫了头发，平时喜欢穿背带裤。对教师而言稍显出挑的打扮和飘忽不定的性格令学生们对她很感兴趣，还亲昵地叫她"小丸"。她和岩田只有"美术老师"这一个交点，但她性格倔强，给岩田留下了深刻的印象。

"丸冈老师，好久不见。我叫岩田俊介，是去年的毕业生。感谢您之前教我美术。"

"啊——！真是好久不见！刚才老师们议论得可热闹了。听说你现在是记者了？"

"不是记者，不过我在报社工作。"

"哎——很厉害嘛。对啦，你今天是有什么事吗？"

“是的，我想跟您打听几件事。以前应该有位姓丰川的老师在美术社团做过外部讲师，现在他还在这儿教课吗？”

“他很久以前就不干啦。”

来晚了……岩田大失所望。

“丰川老师为什么不干了呢？”

“听说他的本职工作有调动，所以搬家了。”

“您知道他搬去哪里了吗？”

“呃……想不起来了……对了，小龟也许知道。”

“小龟？”

“就是接替丰川做外部讲师的女孩。”

“……莫非是美术社团以前的学生龟户？”

“你认识？没错，就是她。现在她就读于美术大学，每星期都来这里打工。这会儿她正在辅导社团活动呢。马上就要下课了，一会儿你去见见她？”

“好的……我务必要见！”

真是意想不到的巧合。虽然见丰川的愿望落了空，但能见到其他的案件相关人物，也是一种幸运。丸冈带岩田去了美术教室。社团活动似乎刚好结束，社团成员们一窝蜂地从教室走出来。看来严厉的三浦不在了以后，社团人数增加了。成员们纷纷向丸冈打招呼。

"小丸！辛苦啦——！"

"你们也辛苦啦。回家路上要小心哦。"

很难想象这段朋友般的对话是出自老师和学生之口。要是学生们对三浦说话如此随便，恐怕会被他教育将近一个小时吧。岩田不由得苦笑。

走进美术教室，一位年轻女性正在教室里洗画笔。丸冈对她喊道：

"小龟，这位报社记者小哥啊，有事想问问你！"

岩田慌忙想要更正她的说法，但已经来不及了。

"那你们两个好好聊吧。"丸冈留下这句话，便离开了。

只剩下两个人的美术教室，飘荡着紧张的气息。龟户用狐疑的目光望着岩田。突然来了个"报社记者"，她当然会觉得可疑。为了放松她的警惕，岩田竭力堆出温柔的笑容。

"龟户同学，抱歉突然打搅您。我叫岩田俊介，是这所学校的毕业生。"

"毕业生……？"

"是的。现在我在报社工作，但今天不是来做采访，只是想以个人身份问您几个问题。能占用您一点时间吗？"

"……好的。总之您先请坐。"

两人面对一张木制的大书桌而坐。仔细一看，岩田才发现龟户长得相当漂亮。乌黑的大眼睛忽闪忽闪的，皮肤几乎白得透明。束在身后的黑发若是散开，大概长度惊人。虽然两人相差两个年级，之前不曾打过照面，但岩田还是很惊讶，竟有这样漂亮的女孩和自己同校。

"呃，想和您打听的事，和曾在这里做讲师的丰川先生有关。您知道丰川先生吗？"

"知道。高中时，他每星期都会辅导我。"

"听说他后来因为本职工作的调动搬家了。您知道他现在住在哪里吗？"

"我听说他搬去福井县了，但具体的地址就不清楚了。请问，您找丰川先生有什么事吗？"

"是的……我有话想问他。"

"难道……是关于三浦老师的？"

岩田心里一惊。

报社的人打听丰川的消息，确实很容易让人联想到三浦的案子。但龟户的表情和语气中，似乎还有别的内容。岩田觉得，与其拙劣地隐瞒，不如老实坦白。

"没错……其实，三浦老师是我的恩师。"

"嗳？！"

"调查老师身亡的那起案件，完全是我个人情感使然。我今天来这里，是想直接问丰川先生几句话，他是案件的相关人员。"

"这样啊……"

"龟户同学，如果您了解有关丰川先生的情况，能不能和我说说？无论什么都行。"

"……有一件事，我不知道该不该说……"

龟户看了看四周，然后小声说：

"我觉得……**杀害三浦老师的人，应该是丰川先生**。"

※※※

这句话极具冲击力。

"……此话怎讲？"

"丰川先生……好像特别讨厌三浦老师。"

"特别？"

"是的。我在案发之后，才发现这一点。当时，我每星期六都接受丰川先生有关设计图的辅导，但三浦老师去世，丰川先生开始在辅导我时说老师的坏话，'你最好把三浦君教的东西全都忘掉''那个人充其量就是个公务员，没有艺术天分'……"

"这些我还是第一次听说……我只知道三浦老师有时很任性妄为，确实曾令丰川先生不悦。但他竟会直接否定老师的才华……？"

"其中的原因相当复杂。听说丰川先生从小就很擅长画画，也是以前几名的分数考取美术大学的，当年甚至是在开学典礼上讲话的学生代表……而三浦老师则是勉强过了美术大学的分数线，倒数几名进来的。老师生前经常笑着谈起这些。那时候，虽然丰川先生和三浦老师是同学，但更接近于师徒关系，听说丰川先生教过三浦老师很多绘画技巧。"

"……这些我完全没听说过。"

"但进入社会后，两人的关系逐渐颠倒过来。丰川先生毕业后就职于东京的设计师事务所，但工作并不顺利，和公司的人闹了矛盾，好像只干了几年就离职了。艰难求职的时候，是三浦老师帮了他，还给他谋了一份副业，让他做美术社团的讲师……如今想来，丰川先生的自尊心那么强，却落得被自己曾经辅导的人关照的地步，一定非常不甘心吧。不过，最后这些只是我的猜测。"

"不会，您这些话很有参考价值……说起来，您似乎对丰川先生很了解，除了社团活动中的辅导，他和您还有其他交集吗？"

"有的……我们经常在三浦老师家一起吃饭。"

"嗳？！在老师家？"

"对。案发后，我经常去老师府上叨扰。丈夫去世后，三浦夫人应该很不容易，于是我就去帮帮忙——准备饭菜、照料三浦老师的儿子什么的。"

岩田感到不可思议。龟户的确曾在美术社团受到三浦的关照，但这份情谊会深到让学生为老师的遗孀做到如此地步吗？而且龟户此前还讨厌三浦……

"当时，丰川先生也经常和我一起去，每次他都会买些大鱼大肉过去。"

"欸，虽然他说三浦老师的坏话，对老师的遗孀却很关心呢。"

"不……其实……他别有用心。"

"别有用心？"

"丰川先生和三浦老师的太太说话时，有时会露出猥琐的目光，我看见过好几次。"

"真的吗……？！"

"是的。三浦太太害怕极了……我也不知该怎么办……"

丰川卑鄙的本性逐渐显露出来。岩田对他的怀疑更重了，另一方面，他对龟户也渐渐产生了疑问。

"龟户同学，谢谢您告诉我如此宝贵的信息……我还想问您最后一个问题，您怎么看三浦老师这个人？"

"怎么看……是指？"

"案发后，您在接受采访时好像说过自己'讨厌三浦老师'。可即便如此，您却照料三浦老师的家人，还替三浦太太担心……您为何要做到这种地步？"

龟户低下头，很是扭捏地说：

"我喜欢过他。"

"……嗳？"

"我曾经喜欢过三浦老师……不过，那句'讨厌'也绝不是谎言……我经常惹老师发火，讨厌他的地方也有很多……但除了他，再没有谁能那样替我着想……"

龟户接下来的话，越发出乎岩田的意料。

　　"我和父母关系不好……总是无视彼此。三浦老师对我来说，就像亲人一样。所以我虽然有叛逆心理，有时候也无可奈何地讨厌他……但老师过世的时候……我就像身上被人剜下一块肉似的，痛苦极了……连续哭了好几天……大概一直以来，我对三浦老师的感情没有那么简单。"

　　"您的意思是……曾经爱过他？"

　　"……也许是这样。但当时我觉得羞耻，不想让人知道这份心意……面对警方调查和采访的时候，故意逞强，说自己'讨厌老师'。如果不这么做，许多情绪搅在一起，我怕自己会精神失常……现在想起老师，我也……"

　　龟户满面通红地哭出声来。岩田不知所措。与此同时，他又不知怎的，有一种得到救赎的感觉。

　　回想起来，三浦去世的时候，没有一个同学流泪。这恐怕就是学生们对三浦义春这位教师的评价吧。当时，班里有个同学说："那个啰唆的家伙不见了，真好啊……"这句大不敬的话总算没人附和，但岩田透过班上的氛围感受到，很多同学都是这样想的。

　　岩田觉得孤独。他甚至怀疑：难道这世上只有自己一个人为三浦的死难过吗？因此，如今在他面前流泪的龟户，就像他遇到的第一个同伴。

　　"龟户同学，今天真的很感谢您。三浦老师对我也恩重如山。能遇到同样为他的死难过的您，我特别开心。"

　　"我也是……"

　　"对了，这个月二十日，我已经计划好去登 K 山了——想在三浦老师的忌日那天登山，以慰他在天之灵。如果时间方便的话，您要和我一起去吗？"

　　"谢谢您的邀请……但那天我有重要的课，无论如何也不能请假……"

　　"啊……那就没办法了。"

　　"难得您邀请，我却无法赴约，真是抱歉。那个……如果您明年还去，到时候请让我与您同行。"

　　"好的，当然……对了，给您一张我的名片。要是今后有什么事，可以随时联系。"

　　"谢谢。那我也给您一张我的名片吧……？"

　　"嗳？您还在上学就有名片了吗？"

　　"嗯，是方便大学课题研究做的。有点儿不好意思……还望您收下。"

龟户递上一张设计得很漂亮的名片。

绚丽的花朵插画旁边，印着她的姓名和罗马读音。

龟户由纪

YUKI KAMEIDO

※※※

岩田道谢后，从椅子上起身。

这时，他忽然发现房间角落里有一张画，是一张装裱在木质画框中的猫。不知道为什么，整张画布上布满了间距相同的小洞。

"龟户同学，那幅画是怎么回事？"

"啊！您是说那些小洞吧？那是一张看不见也能作画的画布。"

"看不见也能作画？"

"是的。如今美术社团里有个全盲的女孩。这个主意是丸冈老师为那孩子想出来的……岩田同学有没有试过闭着眼画画？"

"呃……没有吧。"

"想象一下福笑游戏[1]，您大概就明白是怎么回事了。在看不见手边东西的情况下做手工是很难的，画画更是如此。如果看不见，根本不知道要把线画在画布的哪里。但如果在画布上打洞，就可以靠手指的触感找准位置，以此作为参考画线。

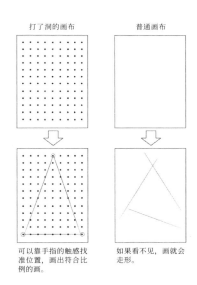

打了洞的画布　　　　　普通画布

可以靠手指的触感找　　如果看不见，画就会
准位置，画出符合比　　走形。
例的画。

---

1 福笑游戏：日本在新年时玩的一种传统游戏。游戏者蒙起双眼，摸到五官的图片，将其贴在一张没有五官的脸谱的对应位置上。

"比方说，将左下角的点、右下角的点和最上面正中间的点连在一起，就能画一个三角形。就算看不见，还是可以努力将脑海中的画面呈现在画布上。我们用这个办法，让那孩子练习画人物、动物等各种内容。"

"原来如此……依靠手指的触感画画啊……"

这时候，一个想法在岩田的脑海中闪过。

一直以来的疑问和打了洞的画布重叠在一起。

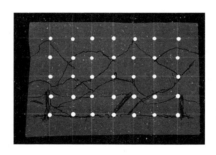

三浦的画上叠出的折痕，是不是和画布上的洞有同样的作用呢？

三浦通过细密地折叠，在纸上留下很多折点。也许他折纸的意图并不是做辅助线，而是想留下折点？丸冈为美术社团那位全盲的学生想办法，让她在打了洞的画布上画画……莫非三浦和丸冈的出发点相同，**折纸是为了让自己即使看不见也能画画**？

如果这个想法没错，就说明那幅画是三浦在不能视物的状态下画的。

然而，其中仍有蹊跷。

假如三浦被凶手蒙住眼睛，看不见东西，他自然**看不见山景，也无法写生**。所以，三浦画画时至少是能看见山景的。可他却看不见手边的画纸……他当时究竟处于怎样的状态？

岩田拼命思考，得到了一个结论：

难道三浦作画时，**双手被绑在身后**？

（凶手限制了三浦老师的行动。老师试图用被绑在身后的双手从口袋里掏出购物小票和笔画画。但因看不见手边的画纸无法作画，于是他将小票折叠，**用手指确认位置，摸索着作画。**）

即便如此，岩田还是想不通。

人可能在双手被绑缚的情况下作画吗？

就算可能，老师又是如何做到画完整幅画都没被凶手察觉的？

说到底，三浦在危急关头画下这幅画，目的究竟是什么呢？

疑点依然多得像山一样，但岩田直觉，自己找到了突破口。

※※※

9月20日早上，岩田将刚买的帐篷、睡袋装进登山包，又将素描簿塞进去，离开了宿舍。他原本打算当天往返，但凑巧赶上两天连休，便将行程改为两天一夜的露营。这时候，岩田给自己定下了规矩：

他要**完整重现案发当天的情景**……也就是说，要按照案发当天的时间，追寻三浦的足迹向 K 山进发。岩田想亲眼确认，三浦当天究竟看到了怎样的风景。

13 时许，岩田抵达车站，在附近的超市买了吃的：豆沙包、猪排三明治，还有花柳便当。随后打车前往 K 山，抵达山脚的时间接近 13 点 30 分。时间基本和案发当天吻合。

那天是九月中旬难得的晴天，热得让人出汗。或许和天气有关，登山的人相对较多。岩田用手表确认了时间，开始登山。

案发当天三浦的日程

7：40	从家出发
7：50	抵达学校
8：00	在美术社团开始辅导
13：00	结束辅导 从学校出发
13：10	在车站前和丰川会合 到超市购物
13：30	抵达 K 山 开始登山
14：30	抵达四合目 吃饭后写生
15：30	和丰川分开 继续登山
16：00	在六合目附近 最后一次被目击
17：00~	抵达八合目广场

沿着平缓的登山道走了大约一个小时，他来到第一个休息地点——四合目的广场。六张桌子已经被登山的游客占满，岩田只得靠着一棵大树坐下，拆开了方才在超市买的花柳便当。

　　岩田，你吃过这个吗？这是站前的超市里卖的"花柳便当"。老师我很爱吃这个，每天都买。买多了也吃不完，你拿回去和爷爷一起吃吧。

就这样，三浦每天都让岩田带两人份的便当回家。酸甜口
的肉丸，大片的蔬菜天妇罗，放上梅干的米饭——花柳便当的
味道一如当年。

吃完午饭，岩田从背包中拿出素描簿和铅笔。那一天，三
浦在这里画了画。岩田不擅长绘画，但既然要完整重现案发当
天的情景，就不能少了这一步。

一开始，他试着画开在树根旁边的小花，但怎么也画不好，
苦战了三十分钟，终于画出一幅惨不忍睹的画。

"我果然没有艺术天赋啊……"岩田小声嘟囔着，合上了
素描簿。

看了一眼手表，刚过 15 点 20 分。

那天，三浦离开这里的时间大概是 15 点 30 分。原本应该
再等十分钟，但岩田不太放心。他和三浦不同，平时没有登山
的习惯。而且长大以后，自己就没再爬过这座山了，说不定没
法在 17 点爬到目的地八合目。以防万一，是不是应该多留些
时间，提早出发呢？多提前些，路上也能多休息一下。

岩田收起素描本，离开了四合目的广场。

※ ※ ※

岩田的判断是对的。

抵达六合目时，已经过了 16 点。要是完全按照三浦的时间出发，肯定会迟到。和三浦相比，岩田走得还是慢了。

岩田停下来，拿出水杯喝水。抬头望天，西边已经隐约显露出一抹橘色，晚霞渐渐出现了。从现在开始，不加速往上爬的话，就赶不上了。他快步向上攀登而去。

过了六合目，山路一下子险峻了许多。虽然登山道两旁拉了绳索，登山者不至于迷路，山路却没铺平整，难走得不得了。不时有小动物大小的光溜溜的石头横在路中间，稍有不慎就可能摔倒。到处都是没见过的、模样可怕的虫子。

岩田压下几近崩溃的情绪，脚下仍不停歇。大约一小时后，终于看到"八合目广场"的指路牌，他这才彻底放松下来。差几分钟 17 点。匆忙赶路是值得的，他勉强按计划抵达了终点。

八合目广场是一片儿童公园大小的空地，和四合目广场不同，这里没有长椅等设施，却有的是搭帐篷的地方。

这里是再合适不过的露营地，但此刻除了岩田，没有任何人在此扎营。也不难理解，毕竟这是几年前发生过杀人案的地方。

岩田卸下沉重的登山包，伸了个懒腰。

他从口袋里掏出刚才在车站前的超市领取的购物小票。三浦临死前，不知道为什么在小票背面画下了此处的山景。模仿他的行为，或许可以弄清他的意图。

岩田拿出铅笔，把目光投向西边。照理说……那边应该能看到三浦生前喜爱的美丽山景。

然而，出现在他眼前的却是一幕令人难以置信的景象。

（和那幅画……不一样。）

在晚霞浸染的天空下，群山成了黢黑的一团。

岩田一时陷入慌乱，但很快便明白了原因：**逆光**。

今天的日落时间大约是 17 点 30 分，现在是 17 点。日落前的三十分钟，正是夕照最强烈的时候。

那丛山景位于 K 山西侧。

自西边的天空逐渐沉落的夕阳，在群山背后射出强烈的光。从 K 山的八合目看过去，逆光下的群山暗极了。若是在白天，阳光从高处照下来，站在这里想必能看清群山的每一寸肌理，但在眼下这个时段，连山与山的分界都看不清。

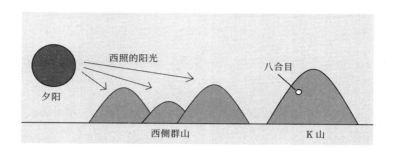

夕阳

西照的阳光

八合目

西侧群山

K山

岩田的脑海中浮现出三浦留下的画。

那幅画上不光清晰地描绘了每一座山，还画出了支在山顶的两顶帐篷。无论怎么想，在这个时段都不可能看得如此清楚。案件是三年前的今天发生的，日落时间几乎和今天相同。从这里看出去的景色，应该也基本一致。

（莫非老师抵达八合目的时间其实要早很多……是天光大亮的时候爬上来的？）

这个念头忽然划过岩田的脑海，但很快被打消了。这不可能。

岩田从四合目出发的时间比三浦早十分钟，而且从半路开始快步登山。要想再快，就只能用跑的了。即使三浦再习惯爬山，也难以想象他会背着沉重的行李沿着登山道向上跑。更何况，六合目往上的山道未经修葺，陡得很，这段路要是用跑的，准会摔倒。

三浦抵达这里的时间段，只能和现在一样，或者比现在更晚一些。

既然如此，他是怎么画出那幅画的呢？

※※※

过了一阵子，夕阳沉到山的另一边，四下昏暗了许多。岩田暂停思考，开始做露营的准备。他搭起帐篷，在里面点亮电池式电灯，拿出从超市买的豆沙包和猪排三明治。

三浦当时打算吃哪样当晚饭呢？岩田看了看保质期，猪排三明治的包装上写着"9月20日PM 10:00"，也就是到今晚10点，而豆沙包能留到这个周末。也就是说，三浦应该是打算晚上先吃猪排三明治，然后把保质期长的豆沙包留作第二天的早餐吧？

岩田拆开猪排三明治的包装，咬了一大口。不怎么好吃。听说在山上味觉会变得迟钝，也许是这个原因吧。

他拿出水杯大口喝水，水猛地灌到嗓子里。

就在这时。

有某个东西在岩田的脑袋里迸裂。

"难道……是这么回事？！"

巨大的冲击涌入全身，岩田的心跳纷乱无章，浑身直起鸡皮疙瘩。

惨不忍睹的尸体、被偷走的食物、购物小票上的画……所有要素都指向一个结果……

"原来是这样……怪不得三浦老师要画下那幅山景。"

※※※

岩田爬出帐篷，眺望西方。群山已经融于夜幕之中，彻底看不见了。

但是，再过十几个小时，太阳就会升起，群山的身影将会重现。警察、熊井和岩田本人，之前都犯了一个致命的错误。

三浦画的是朝阳照耀下的群山。

他留下那幅画的原因，只有一个。

那便是……告诉大家：**我直到第二天早上还活着。**

司法解剖的结果显示，三浦的死亡时间是 9 月 20 日 17 时许。假如他活到了**第二天清晨**，警方推测的死亡时间就存在十多个小时的误差。想不到优秀的警察竟会犯下这样的错误。

但是，假如凶手使用某种诡计，有意捏造了十多个小时的时间差呢？岩田发现了这一诡计。

他从熊井之前的话中得到了启示：

> 虽然尸体损伤严重导致司法解剖非常困难，但幸运的是，法医在死者的胃里检测出了尚未消化的食物。据说和花柳便当的食材一致……观察食物的消化情况……警方推测，三浦先生的死亡时间大约在用餐两小时三十分后。

警方由此推断，三浦是在四合目用过午饭的两小时三十分后死亡的。但要是反向利用这一推断，不就可以在死亡时间上作假了吗？

概要如下：

三年前的今天 17 时许，三浦来到这里，支好帐篷，吃了

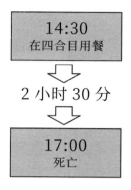

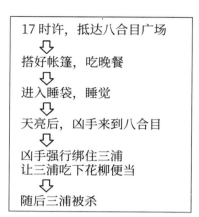

晚餐（估计是猪排三明治），随后钻进睡袋入睡。**第二天天亮后，凶手抵达现场，拉开睡袋，把三浦双手反剪着绑了起来，然后强迫他吃下**自己准备的花柳便当，**用水把便当灌进胃里，干等了两小时三十分，才将其杀害。**

这样一来，司法解剖时就会从尸体中检测出经过两小时三十分的消化后的花柳便当食材，因此警方推测的死亡时间会出现十多个小时的误差。利用这段时间，能做出无数不在场证明。熟悉三浦的人都知道他每天都吃花柳便当，而且站前的超市随时都在卖，要做准备一点儿也不费事。

这个诡计非常单纯。其实岩田原本就知道这一招……说得严谨些，是读到过。

强迫受害人吞下食物，在死亡时间上蒙骗警方——这是很多推理小说都用过的老套桥段了。

然而……不，正因为老套，长期以来才没人想到这一点。大家从一开始就摒除了这种可能，认为"不可能""想想都觉得愚蠢"。

这种作案手段只有在虚构作品中才能成立。在现实世界中，即使这样做也无法骗过警察。

因为推断死亡时间的方法，除检验死者胃内容物以外，还有许多。

其中之一是尸僵程度。人死后，全身的肌肉会逐渐僵硬，经过一段时间后又会慢慢松弛。每具尸体僵硬和松弛的速度几乎相同，这意味着可以从尸体被发现时的尸僵程度反推死亡时间。

除此以外，还有很多种办法，诸如可以从尸体的眼球浑浊程度、血流凝滞程度等进行判断。检验胃内容物，不过是其中的一种。

正因如此。

正因如此，凶手的作案手段才如此残忍。

虽然尸体损伤严重导致司法解剖非常困难，但幸运的是，法医在死者的胃里检测出了尚未消化的食物。

换句话说，也就是尸体的损伤严重到除了胃里尚未消化的食物，无法用其他方式推测死亡时间。这正是凶手的作战策略。

凶手对三浦施以暴行，在他身上留下了两百多处伤口，将尸体毁坏到"只能勉强看出人形"的程度，正是为了切断其他线索，只留下胃袋可供调查。而警方误以为凶手的做法是出于"深仇大恨"。

如果照这个逻辑推测，睡袋被偷走的真正原因也就迎刃而解了。

20日晚，三浦搭好帐篷，钻进睡袋过了一晚。如果把这些东西留在现场，显然说明三浦曾在山上过夜，诡计就毫无意义了。简易帐篷只要拆掉放回原位即可，睡袋的使用痕迹却难以抹除，所以凶手将它带走了。

偷走食物，应该也是出于同样的原因。20日晚，三浦吃的大概就是猪排三明治。

假定他是深夜零点吃的晚餐，天亮时胃里应该也空了，无法被司法解剖检验出来。

然而，若是案发现场唯独少了猪排三明治，人们就会意识到，多半是三浦晚上把它吃掉了。所以，凶手一并**偷走了豆沙包**。若是食物全都不见了，警方就会认为"是凶手偷的"。凶手在试图诱导思考。

※※※

毫无疑问，三浦留下山景画是为了打破凶手就不在场证明布下的陷阱。

三浦恐怕是在被凶手强逼着吃下食物的过程中，意识到了凶手的计划——也就是伪造死亡时间的诡计。于是用被绑在身后的手从口袋里掏出笔和购物小票，趁凶手不备，小心翼翼地留下了信息。

三浦一定思考过究竟留下什么信息才好。如果把犯人的名字、具体的诡计说明等内容写下来，凶手发现这张字条的时候，肯定会将它处理掉。因此，他用了绕远的办法，留下了能够侥幸逃过凶手注意的信息——就是这幅山景速写。

我直到第二天早上还活着——想必这就是三浦要传达的信息。

凶手是正中三浦的下怀，认为把画留在现场也没问题，还是单纯没有发现那幅画呢？这一点不得而知。但最终，画交到了警察手中。然而，没有人发现其中的深意。

※※※

那么，凶手究竟是谁？

九月下旬的天亮时间大约是 5 点 30 分，尸体是上午 9 点被发现的，这说明凶手是在这几个小时里下的毒手。

算上路程，清晨 6 点有不在场证明的三浦太太，和 7 点有

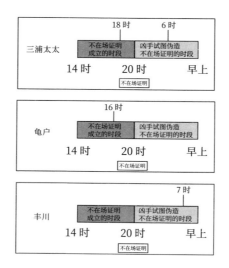

不在场证明的丰川都不可能行凶。既然如此……就只剩下一个人。

龟户由纪。

岩田浑身一紧。

龟户在美术教室中噙着泪的模样浮现在他眼前。

　　我曾经喜欢过三浦老师。

她这句话难道是彻头彻尾的谎言？接受熊井先生采访时说的那些，才是她的真心话吗？太讨厌三浦老师，于是将他杀了……

……不，不一定是这样。正因为喜欢才杀了他——不乏这种可能。老师和学生，不可能实现的恋情。既然如此，不如干脆……虽然这很像电视剧的老套剧情，但岩田也曾听说，杀人动机往往都很无聊。

但岩田仍有很深的疑惑。

龟户是一名身材娇小的女性，案发时还是读高三的学生。她能做出绑住一个成年男人，强迫对方吃下便当并将其杀害的粗暴行径吗？

不过，在这里想破脑袋也没有用。眼下应当立即下山，将这件事报告给警方。可太阳早已落山，周围已是漆黑一片。

岩田没有立刻下山的勇气。

刺骨的寒风吹了过来，山里的夜晚很冷。从现在到半夜，气温大约还会再降低一些。岩田钻进帐篷，从登山包里取出睡袋躺了进去。

伴着夜深，风越发狂暴，开始发出隆隆的轰响。虫声不绝于耳，从四面八方涌来，像奇特的噪声。

岩田没想到夜晚的山如此可怕。他紧紧闭上双眼，让自己尽快入睡。

※※※

几个小时过去，岩田好像在不知不觉间睡着了。

睁开眼，四周还是黑黢黢的。帐篷外也照旧是风的轰鸣和虫声。他想要伸手去拿放在旁边的手表确认时间。

这时，他才发现情况有异。

他的手动弹不得，双臂保持着"稍息"时的姿势，被固定住了。下半身也一样，两条腿整齐地并拢，无法分开。

（鬼压床了……？）

小时候，岩田经常遭遇鬼压床，但现在的感受似乎和当时有所不同。

　　不知怎的，手腕往下的部分可以自由活动。不仅如此，脑袋、眼睛、嘴巴，都可以自由活动，只有胳膊和腿动不了。

　　这不是鬼压床。那么，自己的身体究竟发生了什么？

　　随着意识逐渐回笼，身体的感受也越发清晰。胳膊和腿上似乎有一种异样的压迫感，像是被什么东西用力系在了一起……岩田明白了。

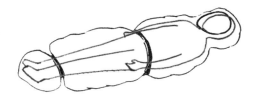

睡袋从外面被绳子之类的东西捆起来了——只有这一种可能。但岩田搞不懂眼下的状况。这里是山的八合目，除了他自己，本该没有其他人。

过了一会儿，眼睛适应了黑暗，能够模糊地看到帐篷里的情况。岩田活动脖子，东张西望。目光投向脚边时，他的心脏冻结了。

有人坐在那里。

有一个人坐在自己脚边。岩田看不清对方的脸，但可以辨认出此人个子不高，留着长发。是个女人……岩田浑身发凉，他想起来了。

他告诉过龟户由纪，自己今天要来这里。

突然，女人高高举起双手。她手里握着什么东西，小动物般大小、光溜溜的。来这里的登山道上，有不少这样的石块横在路中间。刹那间，这东西猛地砸在岩田脚上。

咣——

伴着一声钝响，岩田的腿上传来一阵剧痛。他发出惨绝人寰的叫声。

女人马上再次高举双手，毫不留情地砸下去。

咣——

腿上传来"咔吧"一声，骨头折了。疼痛几乎令岩田窒息。

他拼尽全力反抗，被绑住的身体剧烈挣扎。于是，女人强行骑在他身上，用石块一次又一次狠狠地砸向他的腿。

咣——咣——咣——咣——咣——咣——咣——咣——
咣——咣——咣——咣——咣——咣——咣——咣——咣——
咣——咣——咣——咣——咣——咣——咣——咣——咣——
咣——咣——咣——咣——咣——咣——咣——咣——咣

持续不断的剧痛令岩田无法呼吸，只有一小部分肺叶竭力维持着短促的呼吸。缺氧令他的眼前一片空白，意识最终在剧痛和憋闷中逐渐远去。

※※※

醒来时，眼前是一片广阔的星空。冰冷的风从脸上吹过，岩田意识到自己暴露于野外。大概是失去意识的时候，被人从帐篷里拽出来了吧。

必须逃走……但他无法动弹。双腿完全不听使唤，连痛觉都感受不到。但也不是没有任何感觉，岩田的双腿仿佛不是他自己的，而是**贴在身上的两根铁棒**。

腿既然不行，就试着活动上半身吧，但上半身也动不了。岩田感觉有一团软乎乎的肉坐在自己的肚子上。是那个女人骑在他身上。

在恐惧和绝望中，岩田豁然开朗。

为什么一个娇小的少女能杀掉三浦？**因为三浦当时躺在睡袋里**。睡袋的设计，原本就会包裹住人的身体。若是在睡袋上面捆了绳子，就能轻轻松松地封住对方的手脚。

同时，另一个谜题也解开了。三浦便是在这种状态下画画的。即使被绑住，他还是勉力使用能动弹的双手，在睡袋中拼命运笔。在睡袋的遮挡下，外面看不见他的动作。因此那幅画没被凶手发现，信息就这样被保存下来。

这时，头顶传来一个女人的声音。

"你是……岩田同学吧？抱歉哦，对你做了过分的事。"

这声音有些异样。

（不对……这不是龟户的声音。）

"你不是坏孩子。但是呢——"

此人果然不是龟户。龟户的声音比她更明亮，听上去也更年轻。

……那么，现在骑在岩田身上的女人到底是谁？

"因为你要查我丈夫那起案子……"

丈夫？难道说……

可奇怪的是，三浦的妻子在早上 6 点有不在场证明，无论怎样，都不可能在天亮后作案。她只在半夜没有不在场证明，也就是现在这段时间。这时候当然看不见山景，既然如此，三浦就不可能画出那幅画……想到这里，岩田忽然感到一阵不安。

真是如此吗？看不见实物，就无法下笔吗？

对普通人来说，这的确很难。但三浦是教龄近二十年的美术老师，可以说绘画水平相当专业。

而且他很喜欢这片风景，生前几次来到这里都是为了写生。恐怕不用对照实景，仅凭记忆就能画出那幅画。

即使是不擅长画画的岩田，也相信自己可以凭着记忆，将从小一直生活的家宅画个八九不离十。

可如果是这样的话……三浦又为何要这么做？他为什么要在临死前画下看不见的山景？

头顶上的声音再次响起。

"因为你要破坏我们的幸福……"

我们……？

"因为你要搅乱我和武司的人生……"

武司……岩田对这个名字有印象。

他是三浦的独子。

"我就只好杀掉你了。"

女人的手指突然抚上岩田的嘴唇，接着强硬地撬开他的嘴。

"来，把饭吃了。"

有东西涌进岩田嘴里。浓稠的、黏糊糊的液体——那味道莫名有些熟悉。想起来了。这是……肉丸、蔬菜天妇罗和米饭混在一起的味道，是用花柳便当的食材打成的糊状流食。

（这女人……难道想……）

绝不能喝。岩田想往外吐，那只手却先堵住了他的嘴。

"听话……吃下去嘛。"

没错，这个女人想用同样的办法杀掉岩田。

"不吃饭……你会死哦。"

女人的另一只手捏住了岩田的鼻子。嘴和鼻子都被堵住，便不能呼吸了。岩田想甩开她的手，但越挣扎，女人的力道就越大。

　　岩田强忍着不咽下食物。然而，随着时间流逝，他越来越难受。憋了一分钟，就到极限了。岩田头痛欲裂，体内的细胞疯狂地寻求氧气。这时，女人说：

　　"咽下去，就让你呼吸。"

　　"不行。"岩田的大脑命令道。可他的身体抗拒了命令，喉咙自作主张，做出了吞咽动作。

　　液体经过食道，流入胃中。

　　女人松开手，岩田大口大口地喘着气。

　　可下一个瞬间，他的鼻子又被堵住，液体再次灌进口中。

　　这次，岩田咽了下去，比之前老实了许多。但他并没有放弃。

　　他打算先假装顺从，调整呼吸，保存体力，找准时机逃跑。毕竟男女有别，体型的差距对自己是有利的。眼下还有胜算。

　　但女人仿佛猜出了岩田的心思，于是抄起石块朝岩田的眼球砸去。一阵剧痛过后，眼前变得鲜红一片，视线随即渐渐模糊。岩田眨眨眼，感到眼睛里流出的血沿着脸颊淌下来。

事态越来越糟，身体动弹不得，眼睛也不能视物。

然而岩田仍然没有放弃。还有逃走的机会，还可能翻盘——他深信不疑。与此同时，他也有别的考虑。

即使自己马上就要被杀，作为记者，还是应该留下有价值的信息。

岩田在睡袋里将双手的动作发挥到极致。他从口袋里拿出铅笔和购物小票，先将小票叠成好几折。

他借助指尖的感受确认位置，慢慢动笔。

他不知道自己能否画得和三浦一样好。

但他非画不可。

为了将凶手的身份告诉看到画的人……

1995 年 9 月 21 日，公司职员岩田俊介的尸体在 L 县 K 山八合目的广场被发现。现场留下了一幅山景画。

※※※

1995 年 9 月 26 日。

福井县某公寓的一间房屋中发现一具男尸，经调查，尸体为房屋的居住者丰川信夫（43 岁）。警方在丰川体内检测出大量安眠药，判断其为自杀。

警方在房间中发现了一封信，应为死者的遗书。

对不起。

三浦义春和岩田俊介是我杀的。

我愿以死谢罪。永别了。

丰川信夫

信是用打字机写的。

——2015 年 4 月 24 日，东京都内某公寓六层 602 号房间。

今野直美不可思议地俯视倒在门口的那个神秘的男人。

男人灰色的风帽卷起，她对风帽下的脸孔有印象。很久以前，他们仿佛在哪里见过。可她怎么也想不起来。

"你……是谁？"

男人按着被刺伤的腹部，痛苦地开口道：

"……你想不起来也很正常……因为我们只在二十多年前见过一面……我是当时采访你的……"

"采访……？"

"我叫熊井……以前是一名记者。好久不见啊，三浦直美女士……不，现在你用回旧姓了，我该叫你，今野直美……走到今天这一步，我好辛苦啊……"

直美翻出了一段尘封的记忆。

熊井是当年案发时有过一面之缘的报社记者。

"熊井先生……怎么会是您……？"

"……你曾经关照过我的手下。你还有印象吗？那个叫**岩田**的男人。"

直美的脑子里突然闪过一幅画面。

在黑暗中横陈的、破破烂烂的肉块……

"直美女士……是时候偿还你的罪行了……现在就是个好机会……喂！请求支援！"

门开了，另一个男人走进来，对直美喊道：

"今野直美！我是警察！现在以故意伤人罪将你在犯罪现场逮捕！"

最后一幅画　保护文鸟的大树

今野直美

冰冷的看守所中，直美面无表情地盯着墙。

那天之后，已经过去了多少时日？自从那个男人——熊井闯进来，夺走了直美他们的幸福。回忆过往，总是有人剥夺直美的幸福。每当她想得到幸福，就一定会有人来捣乱。

迄今为止的人生像走马灯一般，从她脑海中闪过。

直美首先回忆起自己的儿童时代。

※※※

直美自觉自己是生在优渥家庭中的小孩。

她在东京的黄金地段出生、长大，父亲的性格认真而温柔，很疼爱直美。而母亲总是在父亲身旁安静地微笑，她皮肤白皙，一头黑发又长又亮，是个漂亮的女人。

学校请家长来观摩教学的时候，直美的母亲和其他同学的母亲们一起在教室后排听课。在那些或皮肤微黑，或体态臃肿，或是脸上布满细纹的母亲当中，直美的母亲美得出众。母亲严肃地站在众人当中的模样令直美很有优越感。

10岁生日那天，父母带直美到外面吃饭庆祝。在百货大楼的餐厅里，直美的小嘴被汉堡包塞得鼓鼓的。

"一会儿去给你买礼物，你想要什么？"父亲问她。

直美犹豫了：应该向爸爸央求那件事吗？

"想要什么都行哟。最近你学习很努力嘛。爸爸奖励你，稍微贵一些的东西也没关系。你说说看。"

现在错过这个机会，今后再想要恐怕就难了。直美决定赌一把。

"那个……爸爸……我想养文鸟。"

和母亲出门买东西时，直美曾隔着宠物商店的橱窗看到一只文鸟，尖尖的鸟喙，小而圆的身体，浑圆的瞳孔亮晶晶的。直美一下子就喜欢上了。那之后，她每天都梦到和那只小鸟一起生活的场景。但她知道母亲不太喜欢动物，这个愿望便一直没说出口。

"是吗……想要文鸟啊……不过，妈妈怎么说呢……"

父亲有些为难地望向妻子，目光中带着恳求的意味。也就是说，他将一切交由母亲决定。母亲无奈地长出了一口气，生硬地说了句"随便你们吧"。直美在心里比了个胜利的手势。

回家路上，一家三口来到了宠物商店。直美之前看中的那只文鸟已经长大了些，身子比以前更圆了。

"你要坚持自己照顾它哦。"

听了父亲的话，直美深深地点了点头。

※※※

那之后，每一天都像梦一般美好。

放学回来，直美就一头扎进自己的房间。文鸟赫然待在父亲买给她的那只鸟笼里。

"小啾！我回来了！"

文鸟身体娇小，又喜欢啾啾地叫，于是直美为它取名为"小啾"。

起初小啾的戒备心很强，但直美每天给它喂食，勤勤恳恳地照料着，还模仿它的叫声，试着和它说话，小啾渐渐变得很黏直美。每当直美打开鸟笼，它便立刻飞到她的手上。直美要摸它的时候，它便用头蹭她的手，像是在主动寻求抚摸。

小啾忘我地啄食饲料的样子，认真梳理羽毛的样子，蜷成一团睡觉的样子……好可爱，好乖巧，好喜欢……有生以来，直美第一次产生这样的情感。

为了给小啾打造一座游乐场，直美还和爸爸一起挑战了木工活。看到小啾娇憨地跳入两人辛辛苦苦建好的微型"别墅"时，直美和父亲不禁拍手庆贺。

"为了一只鸟，至于做到这份儿上吗？"母亲苦笑着，但还是十分享受地在一旁注视女儿和丈夫。好幸福啊，希望这样的日子可以永远持续下去……她原本也相信会持续下去的。

但是，悲剧突然来临。

小啾来到家中一年后的一天，直美的父亲去世了。

直美的父亲死于自杀，原因大概是抑郁症——尽管在当时的日本，这个词或许还不太普及。任管理职位以来，直美的父亲在公司承受了过多压力，去世前的半年里，似乎一直在看心理医生。

直美的母亲没有哭，只是长久地在丈夫的灵位前发愣。直到自己上了年纪，直美才明白了母亲当时的心情。原来人在面对真正的悲伤时，甚至会失去流泪的气力。

※※※

父亲去世后，母亲变了。直美对此有明显的感觉。

家里每一餐都吃罐头，母亲也不再打扫房间、洗衣服，屋子里很快就堆满了垃圾。父亲的死因多半令事态更加糟糕了。若父亲是因病或遭遇事故去世的，直美和母亲或许还能从朋友和邻居那里得到些许同情，至少会有人愿意安慰、帮助她们。

然而……

"今野家的丈夫，为什么要自杀啊？"

"该不会是他老婆在外面偷情了吧？"

"她那种长相的人，好像真能干出这种事。"

"他们家的女儿是不是今野先生亲生的都不一定呢。"

直美不想听到这些毫无根据的闲言碎语，但实在无法避免。母亲似乎不愿承受街坊四邻的目光，渐渐闭门不出。她本就不擅长和邻居打交道，如今连一个站在她这边的人都没有。

孤独、悲伤、愤怒……母亲承受的负面情绪全都落到了直美身上。她开始对直美施暴，并且愈演愈烈，但直美一直默默忍受。

（只要我忍下来，做个好孩子，妈妈迟早有一天会变回原来的样子。）

直美一面用满是伤痕的双手抚摸小啾，一面反复劝说自己。

为了让母亲高兴，直美主动承担了打扫屋子、洗衣服等家务。虽然痛苦，但她脸上始终带着笑容。她还开始做饭，尽管只会做几样简单的菜。一天，她心血来潮，打算挑战母亲爱吃的炒牛蒡丝，于是用攒下的零花钱买来食材，花了两小时才将菜做好。虽然卖相不佳，但味道还不错。

她打算将菜端去母亲房间。就在她要从碗橱里拿盘子的时候，大概是有些马虎，盘子从手中滑落，摔碎了。听到声音，母亲走了出来。

（要被打了！）

直美缩成一团，母亲却旁若无人地赤着双手捡起盘子的碎片来。

"妈妈……对不起……那个，我炒了牛蒡……"

直美颤着声音，总算挤出了这么一句。母亲边捡碎片，边自言自语似的嘟囔道：

"死的如果不是你爸爸，是你就好了。"

就在这一瞬间，直美忽然明白过来。

母亲不是变了个人，而是，她原本就是这样的人。原本她

229

就不爱直美。这样说来，直美也几乎没有和母亲单独聊天、玩耍的记忆。所有有关家人的快乐回忆，都是父亲为她打造的。

从前的母亲温柔地微笑，是因为父亲在她身旁。她不过是因为父亲、为了得到父亲的爱，才扮演着温柔的母亲。

与此同时，直美也看清了自己的心：她虽然曾以自己有一个"美女妈妈"而自豪，但从未感受到一次母爱。从前她和母亲维系着母女关系，都是因为有父亲作为连接点。如今父亲已经去世，她和母亲不过是两个不相干的女人罢了。

今野家并不像直美曾经以为的那样幸福。

※※※

9月1日，暑假结束后的下午，迟早都会发生的事，终究还是发生了。

开学典礼结束后，直美回到家，打开房门的瞬间，就听到了尖厉的鸟叫。是小啾的叫声。那声音里带着威胁，是直美从未听到过的。

直美直觉不好，急忙跑进自己的房间。房门开着，母亲站在房间正中，鸟笼滚落在她脚边。母亲右手紧攥着小啾，小啾在她手中痛苦地挣扎。母亲转身面朝直美，似笑非笑地说：

"啊，直美。这只鸟从一大早就叫个没完，吵得我根本睡不着觉啊。"

"怎么会……它为什么会这样？"

小啾平时是很乖的，以前从来都不会大声叫个不停。怎么偏偏今天……直美思前想后，终于找到了原因。

暑假期间，直美一直和小啾待在一起，从早到晚都与彼此为伴。而今天小主人去上学，小啾大概是寂寞了吧。它叫个不停，多半是在找直美。想到这里，直美觉得小啾好勇敢，不禁流下泪来。

"妈妈……对不起。不要紧的，小啾不会再吵人了，你把它放开吧。"

"闭嘴。明明是你教不好它。"

"不是的。小啾是因为我不在，太寂寞了，才……"

"什么叫'不是的'？你一个孩子，却跟大人顶嘴？没大没小！"

看来说什么都没用了。直美当场双手撑地，给母亲下跪：

"妈妈，对不起，都是我不好。你打我吧。打我多少下我都能忍，求你原谅小啾！"

直美不顾一切地大喊。喊完，小啾似乎安静了些。

（太好了……妈妈原谅小啾了。）

直美这样想着，抬起头来，却浑身颤抖。母亲抓着小啾的手比刚才攥得更紧了。小啾浑身瘫软，耷拉着脑袋，甚至没了叫唤的力气。

"妈妈……求求你……小啾快死了……"

"我就是要杀了它！"

"……！"

听到母亲这句话，直美一下子怒不可遏。

她条件反射般朝母亲扑去。那是她有生以来第一次反抗，却反过来被母亲踹中肚子，打着滚儿摔在地上。

（再这样下去……小啾会死的……怎么办呢……）

这时，直美看到了那样东西——摆在房间角落里的木制鸟窝。那是以前直美和父亲一起给小啾打造的别墅。直美用尽全力跑过去，一把抓起鸟窝，朝母亲的脸扔了过去。

母亲猝不及防，身体失去了平衡，一屁股摔坐在地上。

就是现在——直美想。她捡起木制鸟窝，用力砸在母亲的脑袋上。大概是引发了脑震荡，母亲上半身卸了力气，倒在地上。

直美想救出小啾，但母亲的手仍然死死地攥着它小小的身体。

（我该怎么办……）

没过多久，母亲撑起上半身，愤恨地瞪着直美。同时，小啾在她手中发出"呜——"的低吟。那在直美耳中，有如死前最后的呼唤。

这声呼唤令直美下定了决心。

她站起来，踹倒母亲的上半身，趁势跳到她的肚子上。一声巨大的嗝音过后，母亲口中喷出血沫。

直美高高抬起左脚，施加全身的重量踩下去。

她好像听到了"嘎巴"一声。

……胜负已分。

直美慌忙将小啾解救出来，轻轻用手裹住它小小的身体。小啾撒娇一般蹭着直美的手。

"太好了……它还活着……"

直美的心被幸福填满。

她在母亲的尸体旁，落下了喜悦的泪水。

※※※

那之后，直美在教护院（现今的儿童自立支援机构）中度过了六年。小啾被饲养在教护院的员工室，由直美负责照料。这原本是不被允许的，但当时直美的精神分析师、一位年轻女

心理医生的话使直美得到了特别待遇：

　　"直美的画中，有一棵保护文鸟的树。这说明，她的内心存有温柔的母爱……代表她想保护比自己弱小的生命。

　　"与此同时，树枝又尖又长，是她有尖锐攻击性的象征。但如果给她机会，让她与动物或小孩子相处，她性格中尖锐的部分一定会慢慢消失。"

　　教护院的生活严格且不自由，但和与母亲两个人生活相比，还是快活许多。不管怎么说，可以快乐地和小啾一起生活，直美就已经很感激了。

来到教护院第六个年头的秋天，小啾在直美的守护下，安静地停止了呼吸。

"小啾，谢谢你……多亏了你，我才能坚强地活着。"

小啾的尸体被埋在教护院庭院的一角。半年后，直美高中毕业，离开了这里。

之后，直美在东京市内租了一间公寓，就读于护士学校，希望成为一名助产妇。这一志向来自教护院一位员工的无心之言："直美的保护欲很强，今后也许适合从事医疗方面的工作吧。女生的话，当助产妇很好呢。"

杀掉母亲的女人竟会成为助产妇——直美虽然觉得有些讽刺，但那时的她不可能就职于正统的民营企业，而当时的日本对女性就职有帮助的技术资格考试又十分有限。最终，直美还是不情不愿地选择成为助产妇。

护士学校每天要做的功课堆积如山，不过直美本就不讨厌学习，这段时光对她来说不算痛苦。但钱的问题却总是困扰着她。

光靠奖学金生活还是很困难的，直美每星期要去咖啡店打工三次。那家店开在某所美术大学的上学路上，大部分常客都是美大的学生，其中就包括三浦义春。

一头黑色的短发，牛仔裤配白衬衫——朴素的穿搭反而使三浦义春在一群充满个性的美大学生中显得鹤立鸡群。直美与他的关系从不痛不痒的闲谈开始，不知不觉间，竟进展到相互倾吐个人烦恼的地步。

直美通过三浦认识了新朋友。那个年轻人叫丰川信夫，和三浦上同一所美术大学。三浦总是评价丰川为"天才"。这话绝不夸张，即使在外行直美的眼中，丰川的画也绝非一般。

渐渐地，三浦和丰川常来直美家做客。直美忙于课业，两个男生便帮她做饭、打扫房间。直美虽然享受三个人一起度过的时光，但也隐约有所察觉：他们两个在抢我。

直美并非不自量力。每当站在镜子前，她都确信——我长得好像妈妈。

白皙的皮肤，长而润泽的黑发。直美和妈妈像一个模子刻出来的一般美丽。

※※※

一个夏天的午后，这场争斗分出了胜负。和直美在闷热的房间单独相处时，三浦对她说：

"我明年毕业后，要回老家当老师。直美，你愿意和我一起回去吗？"

这俗气的求婚，很有三浦的风格。直美当场答应下来。丰川毫无疑问也是很有魅力的男人，但直美被三浦直率的性格打动了。

她打算对过去的事保持沉默。

第二年春天，三浦和直美一起从各自的学校毕业。入职的同时还要搬家，两人实在太忙，搬到 L 县一年后才举办婚礼。丰川也赶来参加了婚礼。虽然有些尴尬，他还是笑着对两人送上祝福。

婚后的生活虽然辛苦，却很充实。三浦当上了当地的高中老师，直美成了一家小妇产医院的助产妇。教护院员工当年随口的一句话，竟定下了直美的工作。但真正开始工作后，她发现，自己仿佛天生适合干这一行。

分娩并非像男人们想象的那样，是一项神圣的仪式。产妇忍着长达数十小时的剧痛，痛苦、流泪、呻吟，视死如归地将孩子从体内拽出来……一言以蔽之，分娩与受刑无异。但跨过这道坎的女人，在直美眼中是美丽的。直美尽全力鼓励、帮助，并赞美产妇们。

几年后，直美终于也有了孩子。然而，她却犹豫着要不要把孩子生下来。直美最担心的是她的母亲。母亲死后仍然缠着直美，片刻不曾离开。每当她望向镜子，就会在镜中看见妈妈。

（我长得像妈妈。要是生了小孩，今后我会不会变得和那个女人一样？我会不会对孩子没有一丝爱意，甚至施以暴力？）

直美怕得不得了。

而和这份恐惧相反，她也想生下孩子并将其顺利养大。其中不乏想在母亲面前扬眉吐气的心态。

我和你不一样——直美希望自己能挺起胸膛，对母亲这样说。犹豫到最后，她还是决定将孩子生下来。直美的育儿，始于报复的念头。

分娩那天，直美遭遇了超乎想象的难产。她在几乎晕厥的痛楚中忘我地奋战。在手术台上抱起刚出生的婴儿时，直美昏昏沉沉的脑海泛起一股熟悉的感觉。那是很久以前品尝过的、发自内心的幸福，保住珍贵生命的喜悦，无穷无尽的爱意……没错，这感觉和那时一样——在母亲的尸体旁边抱起小啾的时候。

直美毛骨悚然。不祥的命运齿轮，似乎开始转动。

※※※

孩子名叫"武司"，名字是丈夫取的。

儿子出生后，直美在孕期感受到的不安——担心自己和母亲一样对小孩没有爱——很快就烟消云散。直美爱武司爱得无以复加。那小小的婴儿是自己的亲骨肉，柔弱、易碎、令人放心不下，没有妈妈就活不下去。直美将全部的爱倾注在孩子身上。托武司的福，直美终于挣脱了母亲的诅咒。

只是，随着孩子的成长，直美渐渐发现，武司和其他孩子不同。若说他畏缩，很多早早做了母亲的人恐怕会笑话她："我家孩子小时候也是这样啦。"可是，武司的畏缩不止于此。除了直美，他几乎不和其他人交流。

升上小学后，这个问题更加严重。班上的同学们个个都交上了朋友，放学后开开心心地在校外玩耍，武司却总是一个人回家，把自己闷在房间里读书。

丈夫大概是看不惯儿子这样，常常训斥他：

"武司！男孩子就得在外面多跑跑，不然就没法变得强壮！"

"别老在家里窝着，去给我广交朋友！"

"如果在外面看见邻居，要大声和人家问好！扭扭捏捏的可不像样子！"

直美反对丈夫的教育方式——孩子不想出门，待在家就好了。不想和别人说话，就不必逞强。硬逼着他做不想做的事，反而会伤到他，使他更加内向。她越是表明自己的态度，就越是和丈夫的意见冲撞，夫妻关系越来越糟。

　　一天，直美在厨房做饭的时候，武司怯生生地跑过来搂住了她。这孩子的状态明显不对。

　　"怎么了？和妈妈说说。"

　　没想到，武司哭丧着脸说：

　　"被爸爸打了。"

　　直美立刻逼问丈夫究竟发生了什么。丈夫这样回答道：

　　"刚才我让武司出去玩一玩，这家伙竟对我吐舌头。对父母这个态度，肯定是不行的吧？不教他懂得礼貌，今后受苦的还是他！"

　　"但是……即便如此，你也不该打他吧。"

　　"不打不行。依我看，孩子超过 10 岁，自我意识就变强了。光靠语言训斥，是不会听大人话的。所以从今往后，多少得加入一些体罚。这是为人父母的使命。"

　　直美无法理解丈夫话中的意思。孩子 10 岁之后就该被体罚……这种理由她从未听说。

　　丈夫一直是一个固执的人，决不改变自己独特的价值观。

年轻的时候，直美将其解读为性格直爽，觉得这样的丈夫很帅。如今的她痛恨当年的自己和这样的人生儿育女，简直是人间地狱。

这之后，丈夫动不动就打武司。直美提出抗议，但丈夫根本不听。

不仅如此，丈夫周末还强拉着武司出门露营——尽管武司对此表示抗拒，逼他吃下很多根本不想吃的烤肉。武司怕虫子，丈夫却强迫他在野外过夜。一旦武司反抗，他就骂着"没礼貌"，用力敲儿子的头。

直美知道丈夫没有恶意。他大概是有他爱儿子的方式。丈夫的行为，多半是为人父母的责任感使然。这些理解却让事态变得更糟。

直美十分同情武司。她深知和滥用暴力的父母住在一个屋檐下的恐惧。从那时起，她已开始认真考虑离婚。她觉得只有这样才能保护武司。但直美有她的担忧。

据说离婚调解时，只要没有什么特殊的理由，法院都会将孩子的抚养权交给母亲。但直美有无法抹除的过去。

丈夫不知道那件事。她告诉丈夫，母亲是病死的。但法院稍一调查，就会知道真相。那样的话，判决就会对直美不利。

最坏的结果可能是武司被判给丈夫独自抚养。

（要是没了我，武司他……）

光是想一想，直美就不寒而栗。

这时，不知从何时起就存在的情绪忽然苏醒。

孩提时代，那个暑假结束的午后，看到几乎要被母亲攥碎的小啾时的那种情绪……低哑呻吟的小啾和如今的武司重叠在一起。直美下定了决心。

把丈夫……杀掉吧。

※※※

"明天我要登 K 山，准备在八合目露营。帮我准备一下行李。"

1992 年 9 月 19 日晚，听到丈夫这句话后，直美在心里制订好一个计划。

熊井勇

"伤口基本都愈合了，看样子也没有化脓。照这样下去，下星期大概就能出院了。"

护士带着重重的鼻音，唱歌似的边说边固定好绷带。

"对了，熊井先生，今天隔壁床要来新患者了，你要和人家好好相处哦！好了，我先走了。"

说完这些，护士跳舞似的走出病房。

（说什么"好好相处"……我又不是幼儿园小孩。）

熊井抬眼望着早就看腻了的白色天花板。住院已经两个星期了。只要这样躺着，腹部的伤口就不会痛。此时的自己还活着，熊井觉得非常不可思议。

两星期前的晚上，按响今野直美房间的门铃时，熊井做好了赴死的准备。实际上，如果直美的第一击瞄准心脏，他毫无疑问早就没命了。可最终熊井得救了。

他闭上眼，开始重复过数十次的追忆。

最先浮现在眼前的，是在岩田俊介的葬礼上见到的他的祖

243

父。孙子比自己先走一步，仿佛带走了这个男人所有的希望。他憔悴极了。

（您的孙子离世，都是因为我……）

（要是我没告诉俊介有关案件的事……）

（要是我没劝俊介去他母校看看……）

这些堵在喉咙口的话，最终一句也没说出来。熊井痛恨自己的怯懦。

※※※

岩田的死状，和当年的三浦义春一模一样。就在警方认定凶手是同一个人，展开调查的风口浪尖上，三浦那起案件的重要嫌疑人之一丰川信夫用打字机留下遗书后自杀。遗书中写满了忏悔的话。于是，案件以凶手死亡告结。

警方将案件经过归纳如下：

1995年9月，岩田回母校探望，见到龟户由纪，向她打听丰川信夫调职后的住处。由纪不知道丰川的地址，第二天拜访了曾和丰川有交情的今野直美家，试图询问。但直美也不知道丰川住在哪里。直美有丰川的电话，便去电询问。直美在电话中告诉丰川："有个叫岩田的男人在调查过去那起案件。他好像计划在三浦义春的忌日那天登 K 山，以慰三浦在天之灵。"丰川听说后，害怕过去的罪行暴露，决定杀掉岩田。岩田登山那天，丰川在同样的地点，用同样的方法杀掉了他，后因无法承受罪恶感而自杀。

以上内容确实合乎情理。就连熊井都开始相信丰川就是两起案件的凶手了。然而，熊井还有一点放心不下。

为什么丰川要用打字机留下遗书呢？

警方似乎在丰川的家中发现了一台新款打字机。也就是说，这台机器是他为了写遗书专门买的。这难道不可疑吗？明明用纸和笔就可以写，丰川为何要做这种麻烦的事？

莫非凶手另有其人？熊井想。真正的凶手带着打字机去丰川家并将其杀害，伪装成自杀的样子，为了不在笔迹上露马脚，用打字机伪造了一封遗书留在现场。

警方肯定也考虑过这种可能，但最终还是将丰川的死定性为"自杀"。原因不难想象：

丰川是在福井县被杀的,而三浦和岩田的案件发生在 L 县,两地相隔甚远。在这种情况下,两县警方的步调难以协调,查案准确度往往会降低。

熊井不认同警方给出的结果,还想进一步追查案件的内情。只要真相没有昭告天下,岩田就永远无法瞑目。

(既然警察不作为,就由我来追查真凶吧。)

熊井打算一边在公司上班,一边用空闲时间查案。他这样做的最大理由,便是想以岩田领导的身份为他报仇雪恨。但同时,熊井还有其他想法。

岩田生前的那句话,一直在熊井心头盘桓不去。

"不会给公司添麻烦的。我只想以个人的身份追查三浦老师的案子。"说实话,熊井当时觉得岩田很了不起。自己一直因为被调到总务部而闹脾气,而岩田虽然没被分到想去的部门,但没有气馁,一心想要当记者……在记者这一职业面前,自己和岩田的素质高下立判。

熊井想找回自己的尊严。身为记者,他不愿就这样输给那个年轻人。

※※※

　独自查案的时候，熊井手中最得力的线索就是岩田留下的那幅画。

　那张装在岩田口袋里的购物小票背面，画着一幅山景图，是从八合目广场看到的风景，画面上还留有折痕。

　也就是说，岩田在模仿三浦的行为。为什么他要这样做呢？他想通过这幅画表明什么？

　"熊井先生，我们把新人安排在您旁边啦！"那个带着鼻音的声音将熊井拉回现实。

　护士推着轮椅走入病房。所谓的新人，是一个脚上缠着绷带的年轻人。年轻人凝视了熊井片刻，然后说了声"多有打扰"。

"啊……请多关照。"

熊井应了一句，再次沉入追忆之中。

※※※

（假如岩田如愿被分配到编辑部……肯定早已成为一名优秀的记者了吧。）

岩田只用不到半个月就发现的真相，熊井却花了十年才找到。伪造死亡时间的诡计、被偷走的睡袋和食物、惨不忍睹的尸体……明白这一切意味着什么的时候，熊井确信龟户由纪就是凶手。

既然作案时间在 21 日天亮之后，凶手就不可能是丰川和直美。三人当中，只有龟户在这段时间没有不在场证明。熊井以为自己解开了谜题，立刻联系警方，对方却根本不把他放在眼里。熊井的看法不过是没有根据的臆测，警察不会因为普通人的无端推测重新调查一件案子。更何况这起案件发生在十年前，警方内部恐怕也早已逐渐将它淡忘了。

即使如此，熊井仍未放弃。

（只要找到证据就行了。找到了证据，警方就不得不出动了。）

熊井没想到，自己就此走入了迷宫。

他用尽一切办法，都没能在龟户身上找到和作案有关的任何线索。

（这小姑娘，到底是用什么手段抹去杀人痕迹的啊……）

随着时间的流逝，熊井的情绪越发急躁，调查却没有任何进展。

几年之后事情发生了转机，熊井意外地找到了案件的突破口。

一天晚上，熊井在家中看电视，无意间换到的频道正在播一期采访某位画家的纪实节目。画家面对镜头说道：

"我小时候呢，经常练习仅凭记忆画画。比方说，这里有一张照片，照的是一只猫。我就紧盯着它十秒钟。努力在短暂的十秒里，完整记下猫的模样。十秒后把照片扣过去，凭记忆在图画纸上将猫画出来。这项曾经反复进行的训练，对如今的我来说，是无价之宝。现在的我与风景邂逅时，只要看过一眼，无论它多么复杂都能将其完美地在纸上重现。"

仅凭记忆画画……这是熊井之前完全没想到的。他对艺术一无所知，甚至没因为兴趣画过画。熊井一直相信，不对着实物，是不可能将其描画下来的。

熊井找出便笺和笔，试着不参照任何东西描绘从 K 山八合目望到的风景。令他吃惊的是，自己也能单凭记忆画出个大概。这个发现虽然令他困惑，但想想也不奇怪。

这十多年来，为了查清案件真相，熊井几乎每天都会看三浦和岩田的画。虽然无心记忆，但大脑早已在不知不觉间将那幅图景印刻下来。人的记忆力是很可怕的。

那么，三浦和岩田又如何呢？

三浦生前去过八合目很多次，每次都会欣赏那处风景。

岩田每天都看三浦的画，试图解开其背后的含义。

原来这两个人都可以不对照实景，把画完成。如果是这样的话……他们就不一定是在天亮后遇害的。既然在山景笼罩在夜幕中时也能画下那幅画……另一位嫌疑人——三浦的妻子直美就也有作案的可能。

而如果直美是凶手，那个长久牵绊着熊井的根本性问题也就迎刃而解了：

凶手为什么要把画留在现场？

如果受害人临死前留下了意味不明的画，一般来说，凶手都会以防万一将其销毁或带走。很难想象，一个懂得伪造死亡时间、能准备出一套周详的杀人计划的凶手会犯这种错误，忽视死者留下的信息。

更别说是连续两次犯同一个错误了。这个问题实在难以解释，始终困扰着熊井。然而，现在他明白了。那不是失误。

三浦的画

岩田的画

凶手是故意将画留在现场的。因为她早知道，山景图对自己有利。

即使伪造死亡时间的诡计被看穿，只要有"受害人临死前画下了山景"这一事实，警方就会认为作案时间是在天亮之后，早上有不在场证明的人就能排除嫌疑了。

岩田之所以画画，大概就是确信凶手不会把画带走。

凶手会把山景图留在作案现场，说明这样做对自己有利的人就是凶手——原来这才是岩田想要留下的信息。

※※※

意识到这一点后，熊井开始重点调查直美。越是了解她的生平，熊井就越是后悔自己没有早点调查这个人。

熊井了解到，直美童年杀害了母亲，然后在教护院住了六年。他找到了当年给直美做精神分析的心理医生。近年来，这位名叫萩尾登美子的年迈女士常以心理学家的身份在全国各地进行演讲。

萩尾不无怀念地讲起当年的事：

"直美是我做心理咨询以来负责的第一个女孩。她是个可怜的孩子，之前一直承受着母亲的虐待。她似乎通过疼爱宠物文鸟来排解这份痛苦。一次，母亲似乎想杀掉那只文鸟……直美拼命想保护它。那孩子的保护欲很强，大概会本能地保护比自己弱小的生命。"

听了这番话，熊井觉得一切都变得合情合理了。

我们的夫妻关系不算太好，平时会为了育儿的事发生争吵……比如儿子喜欢在家里读书，丈夫却动不动就带他出门，又是露营又是烧烤的，勉强他做许多事情……儿子很讨厌这样。他独断专行，根本不考虑孩子的心情，还觉得自己是个顾家的好父亲，自以为是也要有个限度吧……

没错。直美的犯罪动机是孩子。

为了从粗暴的三浦手中保护自己的亲生骨肉，直美杀了三浦。

但熊井还有一个地方想不通。

话说回来，三浦为什么要在临死前画那幅山景图呢？熊井起初正是因为这幅画才误以为凶手是龟户，从而延误了找到真凶的时间。

就结果而言，三浦包庇了妻子。这是为什么呢？

今野直美

丈夫临死前似乎有话要说。但直美没等他说，就拼尽全力用石头砸了过去。

处理好现场，下山前直美在丈夫的裤子里发现了那幅画。她飞速运转大脑，做出判断：应该留下这幅画。

随后，她打着手电，沿着昏暗的山道下山，避开所有人的目光回到家中，洗去身上所有的痕迹，好像什么事都没发生一般，开始做晨间的家务活。

与其说一切尚未结束，不如说真正的较量才刚刚开始。直美必须在警方和采访的媒体面前不停地说谎，必须扮演一个失去丈夫后神思恍惚的妻子。绝不能失败。

如果自己被捕,武司就没有亲人了。他将孤零零地生活——
唯独这一点是直美无论如何也不愿看到的。就算自己死后会堕
入地狱,被万鬼吞噬也不要紧。只有武司,是她从始至终都要
守护周全的人。

※※※

直美没有把事情做得圆满的自信，但大抵也没什么过失。
案发半年后，她就重获自由之身。

媒体对案件的追踪告一段落，警方一连串的审讯也结束后，
直美终于从案件中解放出来，获得了内心的平静。这时，丈夫
那幅画忽然出现在她的脑海里。

冷静下来思考，直美仍然觉得当初把画留在现场是正确的
选择。即使她的诡计被看穿，那幅画也会成为最后的壁垒，护
她平安。

太好了，武司不用一个人生活了……想到这里，直美松了
口气。

难道丈夫也和自己有同样的想法？

直美展开想象。自己将便当硬塞进丈夫嘴里的时候，他是

否已经察觉了她的计划？与此同时，丈夫也明白自己将会遇害，无法逃脱。倘若他死后妻子因杀人罪被捕入狱，就没有人保护武司了。或许，他是想到这些，才拼命留下那幅画的吧？他这样做，不是为了保护直美，而是为了保护"武司的母亲"。

直美的泪水夺眶而出。丈夫的确算不得一位好父亲，但他对儿子的爱是货真价实的。

※※※

丈夫死后，家里比以前更热闹了。

丰川和丈夫生前教过的一位名叫龟户由纪的女学生牵挂直美母子的生活，经常会到家里来玩。丰川来时会带着食材，龟户帮厨并照料武司。武司一向不和直美以外的人亲近，却愿意对由纪敞开心扉，这让直美很诧异。

这种形式的家庭也不错。就在直美开始这样想的时候，意想不到的事情发生了。

一天晚上，四个人围坐在一起吃完火锅，由纪和武司去家附近的商店买点心了。家里只剩下直美和丰川两个人的时候，丰川突然握住了她的手。

"丰川先生……你干吗？"

"直美，告诉你一个好消息吧。"

丰川神情猥琐地在直美耳边低语：

"那天晚上，我也在八合目。"

直美心头一惊。

她佯装平静，抚开了丰川的手。

"别开这种不负责任的玩笑。"

"不负责任……？到底谁更不负责任啊，杀了自己的老公。"

丰川的双手突然碰触了直美的胸部。

"别这样……他们俩就快回来了……"

"没错。所以在他们回来之前，我们做个了断吧。"

"什么意思？"

"别装傻啦。那天啊，其实我也想杀三浦来着。"

"……你在说些什么啊？！"

"我讨厌那家伙。明明没有艺术才华，却得意地当什么美术老师，而且把我当成随从使唤。我受不了了，所以打算杀了他。那天和他在四合目分开后，我绕过登山道爬上了八合目，打算等到半夜那家伙睡着后突袭。可你猜怎么着？竟然有人和我怀着同样的想法！喂，杀人犯，你当时是什么心情啊？把饭强塞进老公嘴里，然后惨不忍睹地将他杀害！"

丰川不像是信口胡诌。"把饭强塞进老公嘴里"——知道这个细节，说明他真的在现场目睹了一切。

"丰川先生……求求你……别告诉警察……"

"好啊，我不会说出去的。我们来做笔交易吧。从现在开始，每星期让我抱你一回。"

"你……我不要！"

"那，我就告诉警察喽？"

"……那也不行……"

"认清现实吧，你这个臭婊子。读书的时候同时吊着我和三浦两个人，把我们折腾了个够。等三浦跟你求了婚，你就利索地把我甩了……这些我可都没忘！我啊，每天都想破坏你们夫妻的幸福，这些年来就靠着这点儿愿望活着呢！"

是不是应该把这个男的也杀了呢……直美十分犹豫。

然而，现在不适合这么做。丈夫刚刚死去不久，要是和案件相关的人中再死掉一个，警方一定会怀疑到直美头上。这回就没那么容易脱罪了。

直美苦涩地接受了那场交易。每个星期六的夜晚，丰川都将她拥入怀中，直美感受到的只有痛苦。唯一让她放心的是丰川对武司不感兴趣，只要自己忍下来就好……直美一直这样想。

但一天晚上，悲剧发生了。

武司半夜起来上厕所时，看到了他们两人在一起。虽然只有一瞬，但直美确实撞上了武司的目光。直美瞬间陷入恐慌，像箭一样飞速地冲过去，关上了卧室的拉门。

"哎呀……被看见了呢。"

丰川不慌不忙地坏笑着说。直美觉得不太对劲。她敢肯定之前拉门关得好好的，因为害怕武司半夜起床，她绝不会忘记关门。

另外，武司从小就没有起夜的习惯，一年中半夜去厕所的次数屈指可数。为什么他偏偏今晚起夜了呢？

第二天一早，直美得知了缘由。她在厨房的垃圾桶里看到一只写有"torsemide"的小盒子。在护士学校读书时，她见过这行英文好几次。那是一种利尿药的名字。

想起丰川的一脸坏笑，直美不寒而栗。

丰川是故意的，故意让武司看到那一幕。

一股乌黑浓稠的杀意在直美的心中翻涌。

不过，直美总算没有将这份杀意付诸行动，因为那件事后没过多久，丰川就被调职了。下流的男人远离了这个家，直美得以重新拥抱像样的生活。

然而危机再一次降临。或许，这就是命运吧。

※※※

1995 年 9 月，案发三年后，久未谋面的龟户由纪来直美家玩。她高中毕业后在 L 县的美术大学读书，升上大学后似乎很忙，来直美家的次数比之前少了许多。两人一起用餐后，她冷不丁地问出这样一句话：

"对了，您知道丰川先生现在住在哪里吗？"

"……怎么突然问这个？"

"不久前，我见了一位姓岩田的先生，他在报社工作。他居然告诉我，他在调查三浦老师的案子……"

直美冷汗直冒。此时距离案件发生已有三年，警方的搜查也几乎停止了。这人为什么现在突然要调查？

"他和我丈夫生前认识吗？"

"他说他是三浦老师的学生。"

……也就是说，和满足记者的好奇心相比，此人的行为更接近于报仇？如果是这样，那就麻烦了。

"由纪，这件事你再跟我详细说说……"

熊井勇

熊井躺在床上，回忆起自己的母亲。

父亲身材瘦高，母亲则像酒樽般胖墩墩的，总是豪爽地喝酒、大笑，是个活泼的女人。她训斥儿子的时候却从不客气，严厉得可怕。熊井最怕的人是母亲，最信任的也是母亲。

那是夏日的一天。熊井被家附近的孩子王打了，回家时脑袋上肿了一个大包。母亲逼问熊井："是谁打了你？！"熊井说出孩子王的名字，母亲带着他去了对方的家。

孩子王的父亲是个魁梧的男人，脸上留有刀疤，一看就不是什么老实人，气场强得令人毛骨悚然。然而，母亲毫不退缩。

母亲几乎要朝那个魁梧的男人扑过去，激烈地提出抗议。直到今天，熊井仍然能清楚地回忆起母亲那时的神态。她没有为自己做任何考虑。

年幼的熊井当时真的以为，若不是男人的妻子站出来评理，母亲说不定会杀了那个男人。

母亲和直美，究竟有什么区别呢？

若母亲走错了一步，是不是也会变得和直美一样？

熊井无论如何也无法彻底打消这个可怕的想象。

今野直美

关于是否该杀掉岩田和丰川，直美直到最后还在犹豫：这两人若是死了，自己明摆着会被怀疑。没有人愿意以身犯险。

但让丰川活下去也一样危险。这个男人目击了直美杀人的过程。尽管他现在对此保持沉默，可没人知道他会不会有一天改变心意，将消息通报给警方。最重要的是，丰川对丈夫和自己怀恨在心，必然也不会善待两人的孩子武司。万一他做出伤及武司的事……

还是把他杀掉为好。先杀岩田，再杀丰川，然后抹除一切罪证。只能硬着头皮这样做了。

※※※

在做完这一切后，直美带着武司逃命似的搬到东京，租下廉价公寓六层的一户房间，在附近的妇产医院上班。

而时光不顾直美不安的心绪，一径安稳地流逝。

不知不觉间，直美已经年近花甲。武司高中毕业后在家附近的钢铁厂上班。刚参加工作时，武司因为不适应环境吃了些苦头，但约莫三年过去，他已经成了有模有样的社会人士。为了给武司加油鼓劲，直美每天都早起为他做便当。

一天，武司有些尴尬地问直美：

"那个……妈妈，我有喜欢的人了，可以和她交往吗？"

直美先是一愣，随即捧腹大笑。她之前确实经常半开玩笑地告诉儿子"和女孩子交往前要告诉妈妈哦"，但她没想到儿子真的会向她汇报。看来武司无论多大，都是会好好听妈妈话的好孩子。直美摸着武司的头回答道：

"当然可以啦。不过妈妈要帮小武看看那孩子适不适合你，你带她来家里一趟吧。"

※※※

一星期后，武司遵守承诺，将"女朋友"叫来家中。看到那个女孩，直美大惊失色。

"由纪……？！"

武司的女友竟是亡夫教过的学生、直美母子住在 L 县时常来家里玩的龟户由纪。由纪不好意思地说：

"直美太太……好久不见。我现在正在和武司交往。"

随后，武司和由纪一边吃直美做的晚餐，一边告诉直美两人是怎样一步步走到一起的。

　　一个月前，一个年轻人来武司就职的工厂打工。休息时大家一起聊天，那个年轻人提到自己以前工作的便利店有个叫龟户由纪的人。武司心想"不会吧"，带着好奇去了那家便利店。

　　看到收银台前那个忙碌的身影，武司很吃惊。毫无疑问，那人正是自己住在 L 县时常来家中做客的"Yuki 姐姐"[1]。等到由纪下班离店，武司叫住了她，由纪惊讶地瞪圆了双眼。这是时隔十二年的重逢。由纪已经 33 岁，武司也 27 岁了。

　　当晚，两人一边用餐，一边将自己此前的经历告诉对方。

　　从美术大学毕业后，由纪在当地的一家公司做设计师。但工作五年后，公司突然以减员为由将其辞退。由纪在当地找了一段时间的工作，但一直没有找到合适的岗位。长期无业使她和父母之间本就不好的关系越发恶化。

　　一天，由纪和父母大吵了一通。修复关系已是不可能了，她撂下一张断绝关系的声明便离家出走了。

_____

1　在日语中，"由纪"的发音为 YUKI。

无处可去的由纪为了找工作搬到东京居住。在东京的几年里，她以自由职业者的身份接过几份设计和插画的工作，但仅凭这些收入无法糊口，最近好像靠在便利店打工赚日薪维持生计。

　　得知孩提时代便仰慕的女人如今过得很辛苦，武司很受打击。他掏出身上仅有的一张万元钞票递给由纪，但她并未收下。

　　"我不要你的钱。你这样做，反而让我很难为情。"

　　"……对不起。但我很想帮帮你。"

　　"那……下次就由你请我吃饭吧。"

　　后来，两人见了很多次面，每次都吃快餐，饭后坐在公园的长椅上分一杯果汁，聊上好几个小时。作为成年男女来说，这样的约会实在简陋。即便如此，两人还是很开心。

　　"请和我交往吧！"

　　先开口的人是武司，由纪当场答应下来。

※※※

　　直美怀着复杂的心情听着两人的故事。

她之前一直觉得由纪和武司是年龄相差不少的"姐弟"，现在这两人竟成了男女朋友，直美怎么想都觉得别扭。

　　但既然他们真心喜欢彼此，直美也无话可说。而且她很清楚，由纪是个好姑娘。比起和其他来历不明的女人交往，武司和由纪在一起让直美放心得多。直美决定支持这对恋人。

　　一年后，两人决定结婚。

　　由纪从之前的公寓退租，搬进武司和直美的公寓，三个人一起生活。

　　要说儿子结婚自己一点儿都不寂寞，那显然是假的。但相比之下，直美还是更为多了一位家庭成员而高兴。

　　婚礼按照大家一致的希望，没叫外人，只办了一场一家三口的派对来庆祝。收拾完碗筷，武司喝醉睡下后，直美和由纪在厨房你一言我一语地说着无关痛痒的话。

　　两人聊到一半，由纪突然严肃起来，对直美和盘托出一个秘密。

　　"直美太太……其实，我有一件事一直瞒着您。"

　　"嗳？你这是怎么了？怪突然的。"

　　"我……曾经……喜欢过三浦老师。"

　　"……你是说，我丈夫？"

"是的。大概从高一的时候开始，我一直喜欢他。当年的我还留着短发，但听老师说他的太太有一头长长的黑发，我就把头发留长了。其实，我留长发的初衷是模仿您。"

说到这里，由纪摸了摸自己润泽的长发。

"一年前和武司重逢的时候，我着实吓了一跳。我还以为三浦老师起死回生了……"

"他们父子……确实长得很像。特别是最近几年，武司越长越像他爸爸了。"

"啊！不过，我没有因为喜欢过三浦老师，而把武司当作老师的替身哦。我爱的是武司本人。但是，从今往后就要和您一起生活了，这些事我无论如何都想和您坦白……那个，对不起，突然说这些奇怪的话……"

直美不知应该作何反应。

※※※

虽然发生了这些，三个人的生活还是顺利地开始了。

由纪身为全职主妇，完美地操持起家务。托她的福，直美和武司回家后可以安心地休息。

一天早上，直美正准备去上班，却看到由纪面色苍白地走进屋里：

"直美太太……抱歉，我今天不太舒服，可能做不了家务了。"

"由纪，你的生理期正常吗？"

那天，两人一起去了直美工作的那家妇产医院。检查得知，由纪怀有一个月的身孕。

晚上，武司回家后听说这个消息，高兴地跳了起来。他搂着由纪，不住地说着"谢谢"。得知检查结果后似乎一直心有忐忑的由纪，听了武司的话后，也终于切实地感到了幸福。

※※※

直美衷心地祝福武司和由纪……本该如此才对。

但随着由纪的肚子一天天变大，直美察觉有某种情绪在自己的心底逐渐发酵。她不知道那究竟是什么，但可以肯定其中含着负疚。

一天晚上，直美做了个梦。

在梦中，她把一个小婴儿抱在怀中。转头一看，武司明明就在她的身边。

"小武，由纪去哪里了？"

"由纪？谁是由纪？"

"瞎说什么呢。她不是这孩子的妈妈吗？"

"哈哈哈！您这话真奇怪。这孩子的妈妈是……"

武司伸出手，指着直美的脸。

醒来之后，梦中的情景依然清晰地盘桓在直美的脑海中。

直美这才明白：自己还想做母亲，想在由纪不存在的世界里，做婴儿的母亲。

这是何等邪恶的愿望！

可是那个梦，甜美得无以复加。

※※※

由纪的每次孕检，都固定由直美负责。一般遇到这种情况，医院会因为两人是婆媳关系而特别对待，不允许直美介入。

但直美工作的那家妇产医院并不一般。医生只有院长一位，那是位从父母手里接掌医院、不谙世事的少爷。他平时将许多工作推给助产士，自己则只是笑呵呵地在院内巡查。于是，实际的诊疗权限便握在助产士们手里。一开始，直美面对这群傲慢的同事也吃了不少苦，但她耐着性子坚持工作，不知不觉间已经成了待得最久的助产士。

在这家医院里，没有谁敢说直美的不是。

直美考虑到由纪生产时要面临两个难关：

一个是年龄，由纪已经三十五岁，可以说是高龄产妇了；另一个是血压，由纪血压高，尤其是紧张的时候，虽然只是一瞬间的事，但之前测出过好几次超出正常值的数据。

每次看到那个数值，直美心中都有邪念涌动。

※※※

2009 年 9 月 10 日上午 10 点，由纪开始阵痛。

下午 6 点，由纪进入分娩室。直到此时，一切都很顺利。

然而阵痛持续了好几个小时，孩子仍然生不下来。这时候，由纪忽然失去了意识。院内一片哗然。一位助产士大喊道：

"喂！她的血压怎么这么高？！"

※※※

预产日的两个月前，由纪怀孕即将满八个月的时候，直美的那个愿望膨胀到了极点，几乎快要冲破她的胸膛。直美扪心自问：我就要做奶奶了，就要成为永远温柔、稳重，只会疼爱孙子的干瘪老太婆了，真的没关系吗？

答案是唯一的。

不要，我绝不要。我是……母亲。

某样东西在直美心里裂开了。

第二天早上，直美给了由纪三片药，对她说：

"由纪，我听小武说，你最近容易贫血？怀孕的时候，很多人都容易贫血哟，不光容易缺铁，还容易缺少各种营养元素。这药你可以作为补品用用看。我以前怀孕的时候，也是每天都吃它，身体会感觉轻松许多。"

那药的真实成分是盐。

然而，完全信任直美的由纪没有任何怀疑就将药吃了下去。有研究表明，高血压患者每天摄取的盐分不应超过 6 克。而由纪接连多日，每天都服下 15 克的盐。

　　这是一种祈求。

　　一种成功率很低的、单纯的慰藉。尽管如此也无妨。若是不成，直美也就死心了，也就可以默默地在两个年轻人背后支持他们，作为一个老太婆慢慢衰老，走向人生的终结。对直美来说，这样或许更幸福。

　　然而……祈求灵验了。

※※※

　　由于剖宫产手术及时，孩子总算平安出生，但产妇的性命没能保住。

　　由纪突发了脑溢血，原因是在血压极高的状态下多次强行用力。对此，医院的每一个人都感到不可思议。临产前由纪的病历还显示她的血压很正常。

　　那是当然。因为负责孕检的直美写了虚假的数值。

　　第二天，直美提交了辞呈。

她觉得，自己已经没有资格再继续做助产士了。

※※※

那一晚的美梦成真了。直美成了刚出生的婴儿优太的"母亲"。

"小武，这孩子生下来就没有妈妈了呀。现在还好说，长大后交朋友的时候，我怕他会因为只有自己没有妈妈而感到悲惨可怜。所以呢，虽然可能会让你心情复杂，但我想代替由纪做他的妈妈。尽管我已经是个老太婆了，但孩子有妈妈，还是比没有强吧？"

说服武司非常简单。因为他无论多大，都是听直美话的好孩子。尽管曾撞上好几次周围人讶异的目光，但直美一直让优太叫自己"妈妈"。

※※※

时隔多年，再次将一个孩子抚养长大当然很不容易，但直美尝到的快乐和幸福比辛苦要多得多。为优太的成长而欢欣鼓舞，和武司一起分享这份喜悦——直美从未想过，自己的生命中还会迎来一段这样的时光。

然而，无论是哄优太的时候、喂他吃饭的时候，还是一家三口去公园玩的时候，罪恶感一直缠着直美，在她的身后如影随形。

这样的情况，直美还是第一次遇到。

杀死母亲的时候，直美没感到一丝自责。因为她当时想保护小啾。对当时的直美来说，保护小啾是不可动摇的正义。

杀害丈夫、岩田和丰川的时候也是一样的。直美知道自己做错了，却从未后悔。她那么做是为了保护武司。

直美每次犯罪，都有她想要守护的东西。就像哺乳期的母熊会将入侵的敌人撕咬得粉碎，直美杀人，一向是为了爱与正义。

可是这一次呢？

让由纪服下食盐的时候，自己究竟怀揣着怎样的心情？

直美意识到，只有这一次……她是为了自己杀人的。

"想永远做母亲""不愿失去母亲的身份"——仅仅为此，她就杀了那位温柔的女孩，杀了那个爱着武司的女人。

未来的某一天，自己肯定会遭报应吧。

※※※

报应来得很突然。

一天早上，直美醒来发现，本该睡在身旁的武司不见了。她莫名感到一阵心悸。

直美飞快起身，在家里寻找，发现武司在房间里自缢了。

屋里没有找到遗书，但直美在网上找到了。

武司在生前用的博客中留下了一篇日记，发布日期是他自尽的前一天。

> 从今天起，本博客停止更新。
>
> 因为我发现了那三幅画的秘密。
>
>
> 我终究无法理解，你之前究竟背负了多少痛苦。
>
> 我也不知道，你犯下的罪孽有多深重。
>
> 我没办法原谅你。即使如此，我依然爱你。
>
>
> REN

这是写给直美的。

"那三幅画的秘密"——倒回去读武司的博客，直美很快便明白了。

老女人将婴儿从年轻女人尸体的腹中拽出来的情景，简直和当年的事一模一样。

原来由纪生前就感受到了直美的杀意。

她是从什么时候开始就知道的呢？直美想起，离预产期还有一星期的时候，由纪突然大哭了一场，一连哭了好几个小时，那模样就像世界末日来临一般。由纪或许就是那时候知道的。

假如直美的杀人计划再明确一些，由纪或许就会直接向武司求助，也可以找警察商量。

但直美的做法过于迂回了。在胶囊里放盐让人服下的行为算不上犯罪。即使被发现，直美也大有为自己开脱的空间。

而武司成年后仍然黏着母亲，一向无比信任母亲，肯定会选择相信直美的辩解。这样一来，由纪就成了把婆婆说成杀人犯的恶毒媳妇，这个家就再也容不下她。

由纪已经和父母断绝了关系，没有工作，也不再年轻。她没有其他地方可去。

因此，由纪假装没有察觉到直美的杀意。

孕妇即使在血压高的时候分娩，死亡概率也不高。由纪大概是觉得问题不大，怎么也不至于丧命吧。

但万一直美的计划成功了呢？由纪还是担心，于是留下了那几幅画。她将暗号藏在画中——不知武司何时会发现，也许一辈子也发现不了。

由纪去世三年后，暗号被破解了。

某天，武司明白了那些画的含义。

光是阅读遗书，就能真切地感受到武司当时的痛苦。

"我没办法原谅你"——当然了，因为直美夺去了他的爱妻。

"即使如此，我依然爱你"——但武司却对母亲恨不起来。在他心中，直美的位置就是这样特殊。

直美这才意识到，自己的教育方法是错误的。

她明明比任何人都爱武司、为其倾尽了所有，但这一切的付出反而妨碍了武司精神的独立。或许武司直到生命的最后一刻，在精神上都没有断奶。无论多大年纪，武司都是直美的一部分。所以无论多么反感直美，武司都不会恨她，无法与母亲做切割。

"小武……对不起……"

直美在武司的灵位前不住地喃喃着，却没有眼泪落下。

原来人在面对真正的悲伤时，甚至会失去流泪的力气。

熊井勇

隔着绷带碰腹部，几乎感觉不到疼痛了。熊井为自己身体的恢复能力感到吃惊。

虽然伤势逐渐好转，病魔却每时每刻侵蚀着他的身体。

三个星期前。

"熊井先生，虽然很难开口，但……您的癌症复发了，目前是食道癌二期。现在做手术还来得及，有五成的把握还能活五年。"

体检时，熟悉的医生于心不忍地告诉他。

那天回家路上，熊井回顾了自己的一生。

年轻力壮的时候，熊井埋头奋战在记者的岗位上。那时的他，对自己的工作充满自豪。他相信这份工作有社会意义。而现在，他对过去的自己产生了怀疑。

（我真的对社会有所贡献吗？记者无论采访多少起案件，逮捕犯人的终归是警察。记者所做的，仅仅是跟在警察身后，向大众贩卖警方不慎泄露的信息。这二十多年来，我拼死拼活，不过是满足了那帮看热闹的人的好奇心而已吧？）

熊井想起一个年轻人。

（相比之下，岩田做的事比我有意义多了。那家伙先警方一步找到了真相。被凶手袭击，临死之前还尽力留下信息。我的二十年和他的短短几个星期相比，到底哪个更有价值？）

熊井后悔不迭。
就这样输给岩田，我死也不会瞑目。
要想超越岩田……只有一个办法。
抓住直美。除此以外，别无他法。

※※※

那天，熊井去 L 县的警察局见了一个男人。

男人名叫仓田惠三，是熊井做记者时关系最好的刑警。两人同龄，家乡也离得不远，渐渐成了超越工作关系的朋友，经常一起通宵喝酒。久未谋面，仓田很是欣喜。

"喂，阿熊！真是好久不见啊！你还好吗？"

"马马虎虎吧。你看上去还挺精神的。"

"嗯！前些日子孙子刚刚出生，我可得活到参加他的婚礼啊。哈哈哈！"

"这真是喜事一桩。那你可要长命百岁哦。"

"谢啦！……说起来，你今天这么突然，是有什么事吗？"

"嗯，有件事想和你商量。1992 年和 1995 年发生的那两起案子，现在还有没有可能重新调查？"

"几月份的案子？"

"两起都是 9 月。"

"……1992 年那起的起诉时效已经过了，但多亏法律改革，1995 年 9 月的那起还没过时效。可是，那么久远的案子，当时的搜查总部恐怕早就解散了。要是没有新证据，恐怕很难申请重新调查啊。"

"阿仓不能帮忙想想办法吗？"

"我一个巡查部长可没那么大权限。"

"我有线索。用上现在的调查技术……说不定还能找到证据。"

"很遗憾，光凭'说不定'是无法动员人手的。"

"那要是嫌疑人被捕了呢？"

"你这话是什么意思？"

"打个比方，假如那起案件的凶手捅了我一刀，这时候你恰好在现场，以故意伤人罪将凶手当场逮捕。如果是这样的话，凶手过去有作案嫌疑的案件肯定可以被翻出来。"

"也就是别案逮捕？那样的话，当然会追究她其他的罪名了。但要想实现这一点，阿熊，你得先被凶手捅一刀才行啊。"

"没错。所以说，我会诱导凶手捅我。"

"'诱导'……这么说，你已经知道凶手是谁了？"

"我知道。虽然没有证据，但不会有错。所以阿仓，拜托了。跟我一起去现场，将那家伙逮捕。"

"喂，你等一等，冷静点儿。"

"我很冷静，说这些话的时候也很冷静。我无论如何都想抓住这名凶手……这是我命中注定要抓的人。"

"即便如此，也不能这样冒险吧？要是走错一步，就可能会死啊！"

"无所谓啦。我啊……得癌症了。"

"嗳……？"

"就算做手术，也只有一半概率能活五年。即使侥幸活下来，等待我的也是寂寞的余生。我没老婆，也没孩子，当然也没有孙子……拜托了，你就当是救我，帮我这一把吧。我想让自己死得有价值些。"

"……能给我一点儿时间考虑吗？"

几天后，仓田打来电话。

他决定帮熊井这个忙，只是附加了一个条件：

"你要答应我，穿上防弹衣，绝对不能死啊。"

※※※

2015年4月20日，熊井在东京订了一间旅馆。

下午5时许，他裹上一件灰色大衣出门，藏在住宅区里的一家便利店的柱子后面。

大概过了半个小时，一对母子从便利店门前经过。熊井确认了那位母亲的脸。没错，就是今野直美。熊井跟在二人身后。

刚跟踪了几十秒，直美就回了头。

（反应真快啊……）

这就是二十年来一直躲避警察目光的人敏锐的直觉吧——熊井深深领教了直美的厉害。

熊井的目的很简单——引起直美的恐惧。

让她相信有人盯上了他们母子即可。只要有伤及孩子的可能，直美准会露出獠牙。她还会杀人的。

22日，熊井将租来的黑色轿车停在便利店前，等待直美母子。这时发生的一件事却令他动摇了。

今野母子从便利店出来，经过车前的时候，熊井看到了夕阳照耀下直美的侧脸，那张脸上的年轻都是用厚厚的粉底伪装出来的。但她的脸上写满了温柔，属实是守护幼小孩童的父母应有的神情。

熊井拼命压下自己的犹豫，踩下了油门。

（被你杀掉的那些人，也是有亲人的。）

开始跟踪的第四天。这一天，直美表现出的胆怯是前所未有的。她拉着孩子的手，跑着进了公寓。熊井乘胜追击，一路跟到了两人住的公寓六层。看到直美用颤抖的手打开门锁、逃进房间的模样，熊井确定，时机已经成熟。

他立刻给仓田打了电话。

"明天晚上执行计划。"

※※※

第二天傍晚，熊井在旅馆的浴室泡了个比平时更长的澡，然后喝了一杯咖啡，穿上大衣。

他没有穿防弹衣。伤口越深，直美的罪就越重。要是被她捅死，那就更不用说了。

（临死前穿一身灰，真是够讽刺的。）

他在心里笑了。

当晚，熊井和仓田在公寓门口碰面，一起上到六楼。

仓田在走廊的一角埋伏，熊井按下今野家的门铃。

过了一会儿，门里面传来声音。

"来了——这就开门——"那声音故意装得很明快。

萩尾登美子

　　警方认为，4 月 24 日因涉嫌故意伤人罪被捕的犯罪
嫌疑人今野直美可能与数起杀人案有关，目前正在进一步
调查。犯罪嫌疑人今野……

　　萩尾登美子将报纸放在桌上，拿起瓶装红茶喝下去，以平
复内心的慌张。她的腋下已经被汗水濡湿。
　　"直美……你怎么会……"

　　萩尾打开研究室的书架。这里面保存着大量她做心理咨询
师时的精神分析资料。几小时后，她终于找出一幅画。

那是数十年前杀害母亲后接受改造的少女今野直美的画。

萩尾曾在看过这幅画后判断直美"尚有可能重获新生"。

又尖又长的树枝，象征着直美的叛逆心和攻击性。但画面的树洞中还有一只可爱的文鸟，萩尾注意到了这一点。

"这说明她内心温柔，想保护弱小的生命。多让她与动物相处，培养她的母性，她的叛逆心和攻击性一定会逐渐缓和。"

这是当年萩尾给直美做的诊断。

可是……如今重看这幅画，萩尾又想出了另外的解释。

难道是一切恰恰相反？

莫非正是为了保护文鸟，树枝才长得又尖又长？

这是一种为保护弱小生命，不惜用一切手段伤害外敌的人格。这棵树不正是杀人魔今野直美本人的象征吗？

萩尾浑身发颤，为曾经的自己学识之浅薄而感到羞耻。

如果让现在的直美画同一主题的画，她会画成什么样呢？现在她心中的那棵树，长出了怎样的枝条？

熊井勇

"好了！伤口完全愈合了，绷带应该也用不上了吧。您明天大概就能出院了！"

护士鼻音重重地说完，轻盈地走了。

（马上就要和这片白色的天花板告别了啊……）
想到这里，熊井竟然觉得有些寂寞。
这时，隔壁床病人的声音从帘子那头传了过来。

"熊井先生，您要出院了吧。恭喜您啊。"

声音的主人是几天前那个因脚部骨折住院的年轻人。熊井平时不爱讲自己的事，这几天却不知怎的被年轻人格外轻松的语气带动着，一不小心就讲了不少……比如自己在报社工作，以前是记者，得了食道癌，现在是二期，等等。

"嗯，谢啦。"
"但您还是很辛苦啊，出院后很快又要做癌症的手术吧？"
"……不，我不做手术了。"

"嗳？为什么啊？又不是癌症晚期。"

"我今年已经65岁了，就算寿命能因此略微延长，往后的人生也只剩下空虚。跟你说过吧？我没有家人。就是术后活下来，一个人也没什么意思。"

"不是吧，一个人生活也有很多有趣的事啊，像是潜水、攀岩什么的。"

"喂喂……别胡说八道啦。"

"而且我觉得，熊井先生往后还有该做的事呢。"

"什么事？"

"照顾因为您逮捕嫌疑人而受牵连的、今野直美的孙子优太呀。"

熊井心头一惊。关于这件事，他一点儿也没向这个年轻人提及。

"喂，喂！你是怎么知道这件事的？"

"我在新闻里看见了啊——'报社员工熊井勇先生舍身抓捕未结案的嫌疑人'。刚进病房的时候，看到您的名牌，可把我吓了一大跳。真没想到，我竟然能和这么了不起的人住一间病房。"

"……既然知道了，就早点告诉我嘛。"

当时全国的新闻节目都重点报道了这件事，身旁的这个年轻人听说过也很正常。

"不过，能抓到今野直美可真好啊。这样一来，岩田先生、丰川先生都可以沉冤昭雪了。"

"……你说什么？"

这不寻常。

警方还没把信息公开得如此详尽，普通人不可能听说岩田、丰川的事。

"你难不成是警察那边的人？或者是记者？"

"不是。"

"那你是怎么知道岩田和丰川的？"

"自己调查出来的。现在的互联网，什么都能查到……今野直美的丈夫是 1992 年遇害的三浦义春先生。三年后，凶手用同样的手段杀了岩田俊介先生。当时，大家认为凶手是丰川先生。而现在，当年案件的重要嫌疑人今野直美被捕，听说她过去还有几桩未了的罪状……既然如此，直美就和之前那些案件脱不开关系。做出这样的推测，不是再简单不过的事情嘛。"

"好吧，这倒也是……"

"我还看过三浦先生和岩田先生临死前留下的画的照片，那多半是在看不见图画纸的状态下画的吧。当时到底是什么情况？犯罪现场没有睡袋，就不难想象，这两位都是在熟睡的时候被袭击的。"

"你究竟……是何许人物……"

"一个普通的学生。"

"为什么一个普通的学生会对案情如此了解？"

"其实……去年我发现了一个诡异的博客，里面的内容让我非常好奇，这一年来为了查清真相花了不少时间。您猜怎么着？那博客竟然和这起案件有关……您看过吗？那是今野直美的儿子的博客。"

"……没看过。"

"那我说不定能送您一份独家爆料呢。光是通过博客，就能发现今野直美之前犯下的一桩罪行——今野儿媳的死，恐怕也和她有关。"

"……"

直美的儿媳今野由纪是 2009 年去世的。这年轻人不像在信口开河。

"有了，熊井先生，我们做笔交易吧？"

"交易？"

"我告诉您那个博客的网址，而您要答应我一个请求。"

"请求……什么请求？"

"您把手术做了吧。"

"……我接受手术，对你有什么好处？"

"不是为了我，而是为了今野优太。刚才我也说了，希望您在优太长大前照顾他。我觉得，凶手归捕并不意味着案件的结束。只有无依无靠的优太过上了幸福的生活，这起案件才算圆满。"

熊井的确很担心优太。直美被捕后，优太一直在福利院生活，想必非常寂寞。若不是熊井将直美逼入绝境，优太本不至于如此。熊井虽然不后悔自己的行为，却对优太怀有愧疚。

"是啊，我也觉得自己得为那孩子做点儿什么。"

"那这样做就是对大家都好喽？成交啦。"

"……好吧。我认输，我接受手术。"

"太好啦！"

"那你把博客的名字告诉我吧。"

"'七筱 REN 心之日记'。"

"……我说，你不会是在胡诌吧？今野直美的儿子叫今野武司，这两个名字完全对不上啊！"

"是笔名啦。熊井先生，您把'今野武司'几个字用平假名写下来，拆开看看。"

（七筱 REN 心之日记）

"'た'可以拆成片假名'ナ'和平假名'こ','け'可以拆成片假名'レ'和'ナ'。把它们重新排列，就能得到'ナナしのれんここ'这行字。所以就有了'七筱 REN 心之日记'这个名字吧。"[1]

　　"虽然还是搞不明白，但你还挺厉害的。"

　　"多谢夸奖。我已经履行承诺，接下来就看您的了。出院后要乖乖去做手术哟。"

　　"我知道啦，大丈夫言出必行。只是，我有一个疑问：你为什么对这起案件如此上心？为了满足好奇心调查到如此地步……我说句不好听的，这不就是凑热闹吗？"

　　"'如果知道了博客背后的真相，要记得告诉我。'——这是一位大学社团的前辈拜托过我的。这位前辈已经从学校毕业了，但我一直想在今后见到他的时候履行这个承诺。这起案件要是无法完美收束，我今后也不好再见他。我们聊起往事，也要有个好心情吧？"

1　在日语中，"ナナ"可以写作"七"。"しの"可以写作"筱"。"れん"读作 REN。"ここ"则联想为"こころ"，即"心"。——编者注

米泽美羽的父亲一大早就在自家的院子里殷勤地烧着炭火，魁梧的身子已是汗流浃背。滚烫的铁网上烤着许多事先备好的鱼、蔬菜和牛肉，调的都是美羽喜欢的口味。美羽仔细品尝，蘸了足足的酱汁，将嘴巴塞得鼓鼓的。

"美羽，别光吃肉，也要吃蔬菜啊。"

"我知道——"

美羽刚说完，又往嘴里塞了一片肉。

妻子坐在椅子上，在稍远的地方静静守着这对父女。

这家人原本打算叫今野母子过来一起吃烤肉的，却猝然发生了那样的事。直美被捕后优太在福利院生活，一定很孤单、很害怕吧。米泽一家想尽量让这孩子开心一些，于是今天也邀请了他。再过一会儿优太应该就到了。

这时，美羽大喊：

"啊，优太来啦——！"

优太和一位稍微上了年纪的男人一起站在门外。这个男人名叫熊井，目前自愿照料优太。米泽一家不清楚他和优太是什么关系，但他好像正在办手续，打算收养优太。

米泽一路小跑，来到两人面前。

"嘿，优太！欢迎你来。"

优太礼貌地鞠了个躬。

"今天也很感谢熊井先生的陪伴。不嫌弃的话，您和我们一起吃吧？"

"虽然机会难得，但我还是算了。我前段时间刚做完手术，还不太能吃东西。"

"这样啊……那您辛苦了。"

"我在附近转转，结束之后您给我打电话吧。不着急，让他慢慢吃。"

熊井说完，单手插兜离开了。

※※※

优太拿着纸盘，没有要夹烤肉的意思。是太紧张了吗？米泽故意用活泼的语气问：

"优太，你爱吃什么肉？有厚厚的牛排，也有口感柔软的、薄薄的肉，还有带脆骨的。我给你烤爱吃的，说说你想吃哪种？”

优太支支吾吾地，有些不好意思。这时候，美羽插话了：

“爸爸，优太他不是很爱吃肉。”

“嗳？！这下难办了。抱歉啊，优太。这样的话，你今天能吃的东西就很少了……”

“不过呢，优太爱吃炒面。对吧，优太？”

优太羞涩地点了点头。

“好啊！那我们就来做炒面！”

米泽挪开铁丝网，在炭火上架起铁板，撕碎卷心菜，和面一起炒。

美羽和优太充满期待地盯着铁板。

米泽明白，小孩往往比大人对悲伤和恐惧更加敏感，并且和大人一样尽力掩饰，不想让周遭发现自己的情绪。美羽和优太的笑容之下一定也在忍耐着。正因如此，米泽想告诉他们：人生啊，会有跟痛苦一样多的乐事和幸福时光。他竭力用愉快的语气说道：

"好嘞！优太！美羽！等着瞧！这就给你们做一份世上最赞的炒面！"

更好的阅读

监　　制　潘　良　于　北
产品经理　胡马丽花
责任编辑　俞滟荣
文字编辑　朱韵鸽
版权支持　冷　婷　李孝秋　金丽娜
营销支持　金　颖　于　双　黑　皮
装帧设计　别境Lab
封面插图　许　诺

关注我们

官方微博：@文治图书
官方豆瓣：文治图书
联系我们：wenzhibooks@xiron.net.cn

北京市版权局著作权合同登记号：图字 01-2024-2481

图书在版编目（ＣＩＰ）数据

怪画谜案 / (日) 雨穴著 ; 烨伊译 . -- 北京 : 台海出版社 , 2024.5（2025.3 重印）

ISBN 978-7-5168-3844-0

Ⅰ . ①怪⋯ Ⅱ . ①雨⋯ ②烨⋯ Ⅲ . ①推理小说—日本—现代 Ⅳ . ① I313.45

中国国家版本馆 CIP 数据核字 (2024) 第 082507 号

怪画谜案

著　　者 :［日］雨　穴　　　　　　译　者 : 烨　伊

责任编辑 : 俞滟荣

出版发行 : 台海出版社
地　　址 : 北京市东城区景山东街 20 号　　　邮政编码 : 100009
电　　话 : 010-64041652（发行、邮购）
传　　真 : 010-84045799（总编室）
网　　址 : www.taimeng.org.cn/thcbs/default.htm
E - m a i l : thcbs@126.com

经　　销 : 全国各地新华书店
印　　刷 : 嘉业印刷（天津）有限公司
本书如有破损、缺页、装订错误，请与本社联系调换

开　　本 : 880 毫米 × 1230 毫米　　　1 / 32
字　　数 : 189 千字　　　　　　　　印　张 : 9.75
版　　次 : 2024 年 5 月第 1 版　　　印　次 : 2025 年 3 月第 7 次印刷
书　　号 : ISBN 978-7-5168-3844-0

定　　价 : 55.00 元